渡边淳一
作品

浮岛
浮島

时卫国 译

青岛出版社
QINGDAO PUBLISHING HOUSE

译者前言

　　渡边淳一是日本当代著名流行作家，也是广受瞩目和颇享赞誉的性爱小说大师，他以高超的叙事技巧、曲折跌宕的场景素描、馥郁醇厚的氛围营造、豪放不羁的描写章法以及雄浑劲健的超凡笔力，独运匠心，另辟蹊径，呈现出艳丽多姿、性格迥异的人物形象和悱恻缠绵、五彩斑斓的情事场景，饮誉日本文坛。

　　渡边淳一1933年10月出生于北海道砂川町（现为"上砂川町"），三十七岁以前主要在北海道生活。1958年毕业于札幌医科大学，次年取得医师资格。1963年毕业于札幌医科大学研究生院，取得医学博士学位。1964年担任札幌医科大学助教，1966年晋升该校矫形外科讲师。渡边在工作之余，热心参加文学同人杂志编辑，坚持小说创作。1965年发表处女作《死化妆》，获第十二届新潮同人杂志奖。1969年发表《小说心脏移植》后，受到校内人士指责排挤,愤然辞职。1970年离开北海道,只身去东京发展,从此弃医从文,步入专业作家行列。在近五十年的创作生涯中,先后推出几十种文艺作品和大量随笔作品,拥有众多读者,具有深广的社会影响,是高产的一流作家。因患前列腺癌医治无效,2014年4月30日在东京都内的家中去世,享年八十岁。

渡边淳一1970年以其力作《光和影》获第六十三届直木奖,1979年发表的《遥远的落日》《长崎俄罗斯妓院》获第十四届吉川英治文学奖,1983年以《静寂之声》获第四十八届文艺春秋读者奖。2001年被授予爱尔兰骑士勋章,2003年获天皇颁发的紫绶勋章。同年以《那怎么啦?》获菊池宽奖。2011年又以《天上红莲》获第七十二届文艺春秋读者奖。

渡边淳一以擅长性描写和情爱故事而驰誉文坛,其作品分为医学小说、传记作品、情爱小说和随笔小说四大系列。创作初期到中期,以医学小说和历史传记小说为主体,中期、后期至晚年则多创作情爱小说和随笔作品,有文艺春秋社发行的二十三卷本《渡边淳一作品集》和角川书店发行的二十四卷本《渡边淳一全集》行世。主要著作有《光和影》《白色猎人》《化妆》《孤舟》《爱的流放地》《无影灯》《云梯》《静寂之声》《浮岛》《仁医》《失乐园》等。

医学小说有《小说心脏移植》《仁医》《乳房切除》《无影灯》《麻醉》等。作为医师的作者,运用其在医疗现场行医的经验,别具一格地将现实中的真实场景植入作品中,体现出作者对日本医疗界的高度关注和对患者的悲悯情怀,引起读者的强烈共鸣。

历史传记小说有《光和影》《遥远的落日》《长崎俄罗斯妓院》《女优》《静寂之声》《天上红莲》等,这些作品描写历史人物的性格、命运及社会舞台,受到文坛的高度赞誉和读者好评。1980年以后创作的《雪花》《泡影》《化身》《化妆》《失乐园》《爱的流放地》等长篇小说是描写男女性爱的畅销作品,受到文坛和社会大众的广泛瞩目。

其中《失乐园》是描写婚外情的长篇力作,场景描写细腻,心理刻画秀逸,以大胆泼辣的性描写和对社会世象的无情揭露,而引起日本社会的轰动,成为名列榜首的畅销书和街谈巷议的话题作品,先后发行二百五十万册,并被拍成电影和电视剧。"失乐园"一词成为日本社会的"流行语"。

2006年出版的畅销书《爱的流放地》描写中年男性与女性的情爱纠葛,充满浪漫气息,对女性的心理描写较少,侧重描写性爱场面和情欲,围绕着追求纯爱的主题展开。这部描写婚外情的作品,故事情节跌宕起伏,悬念丛生,主人公的命运吸引着广大读者。

渡边的随笔中也有大量脍炙人口的作品,如《钝感力》《事实婚》《我的履历书》《留白》《男女有别》等。内容涉及老年人的恋爱、生活问题、作者本人对社会现象的剖析与解读、对社会秩序和家庭婚姻的建议与呐喊以及作者个人的情爱生涯。其中出版于2007年的《钝感力》一书大为畅销,发行一百多万册,影响深广。"钝感力"一词也入选2007年度新词流行词大奖。

除《失乐园》和《爱的流放地》以外,渡边的其他作品如《化身》《白影》《在樱花树下》《化妆》《雪花》《泪壶》《婚戒》《遥远的落日》《不分手的理由》等也被改编为电影或电视剧,在全国公开放映。渡边生前十分活跃,应邀担任直木奖、吉川英治文学奖、中央公论文艺奖、柴田炼三郎奖、岛清恋爱文学奖评审委员。渡边经常接受媒体采访,参加电视节目即时演讲,拥有极高的收视率。他的作品与日本社会的发展步伐紧密相扣,尤其对婚外情的描写更是高人一筹,故而能够长期引领日本文坛,受到大众读者的青睐与厚爱。

时卫国

2016 年 11 月

一

临去外国旅行之前,宗形和往常一样总嫌麻烦。

为何要现在去呢? 怎么会计划这样的旅行呢? 如果没有这次旅行,就可以悠闲自在地度过下一周。现在还能中止吗? 对旅行的种种懊恼一下子涌上他的心头。

不过,嫌麻烦的情绪也就维持到出发前一天。出发的当日,他的心境又会一下子变得豁然开朗,开始一个人忙忙活活地盘点行李。

这次是去印尼的巴厘岛旅行,早晨出发,他在头天的晚上就想开了。

先好好地睡一个晚上,次日早晨接人的车子来到,不管心里愿意不愿意,都得出门坐车。起床到出发的时间间隔很短,相反会减少内心的犹豫,倒显得合适。

不过,话虽如此,为何总会嫌麻烦呢?

他之前去过外国几次,可像这次这样心情忧郁,是不多见的。这次不是为了工作或带着艰难的问题去旅行,只是陪伴多田千秋外出消遣,而且只是在巴厘岛这样一个南海的游览胜地随心所欲地度日。是一次让陌生人听上去定会羡慕的浪漫旅行。

也可能是因为年龄的缘故,他才会嫌麻烦的吧。

其实,宗形健一郎刚刚四十三岁,自己也没觉得到了衰老的年纪。当然不能再像年轻时那般精力旺盛,连续乘坐二十四小时飞机也不觉得累。从东京向南绕到雅典,背着背包穿梭于欧洲各国的小客栈之间。现在他乘坐飞机,尽可能地坐头等舱,住五星级以上的宾馆,以减少旅途的疲惫。这次旅行,他们已在巴厘岛预约了一流的休闲旅馆。

高兴不起来的另一个原因,也许是因为他只和多田千秋结伴而行。

不过话说回来,这次旅行是宗形先行计划、继而首先提出来的,千秋只是表示赞成。

想到将和千秋在南方的岛国悠闲自在地度过一些日子,他既感到惬意又感到困惑,也许是因为自己对旅行的结果没有信心。

然而,这次旅行的本身,并没有多少目的性,想要达到理想的结果,本身就是荒谬的。

既然是随意地出去走走,那就不要想得太多。

昨晚他这样告诫自己,快到凌晨一点才躺下睡觉。他因顾及外出旅行不能喝酒,就由这家酒馆喝到那家酒馆,喝得酩酊大醉,以致睡得不省人事,直到早晨六点半闹钟响起,才清醒过来。

他马上爬起来洗脸,确认昨晚备齐的行李,然后走到电话机前。

因为是上午十点的航班,需提前一小时赶到成田机场。当下须及早乘车前往。预先确定的是出租车先接上宗形,再去接千秋。

宗形拿起话筒,想拨通千秋的房间,想了想又放下话筒。

昨晚已和千秋说好,七点半准时到达她所住公寓的楼下。

从宗形所住的涩谷到千秋所住的目黑用了不到二十分钟。

他按了一下门旁的内线对讲机按钮,不一会儿,传出了千秋的声音。

"现在就下去。"

宗形听到她的回答,感悟到自己已快两个月没进千秋的房间了。

他在公寓门口等了一会儿，看到千秋推着白色的大型旅行箱出现了。

"不冷吗？"

千秋穿着水珠图案的罩衫和白麻西装裤，一袭夏装打扮。

"反正乘车去机场，接着坐飞机，没事儿吧。"

宗形穿着长袖衬衫和厚裤子，所备夏装都装在旅行箱里。

虽然时值二月中旬，东南亚的气温已超过三十度。而当下日本与之相差二十多度，仍是寒意阑珊。不过往返两地穿脱冬装，确实也很麻烦。

"就这点儿行李吗？"

"啊！护照和钱包都在这里边。"

千秋看了看其举着的黑挎包，率先迈步走向出租车。

"一周不在，可不得了啊。"

"要去消遣，没办法。"

宗形说道。千秋没答话，默默地钻进车里。

"直接去成田机场！"宗形向司机发令。

他原想包租一辆汽车，后改成了出租车。因为包租车的司机中有很多熟人，如果让他们得知自己和千秋私自外出旅行，那还得了。

"昨晚睡得好吗？"

"还好。也有点可怕……"

"可怕？"

"那边的飞机安全吗？昨晚给妈妈打电话，妈妈吓唬我，怕飞机会掉下来。"

"掉下来就掉下来。"

"讨厌！我还年轻嘛……"

千秋现年二十八岁，比宗形小十五岁。年纪轻轻不想死去，是理所当然的事。只是以前他与千秋说到死，千秋只会说"讨厌"，而不会附加上"我还年轻……"。

"不愿意死嘛……"

宗形一边自言自语，一边偷看千秋面部的反应。

他是在五年之前，千秋二十三岁时与其发生性关系的，可以说，从那之后他垄断了千秋的五个芳年。

所谓的垄断可能只是宗形的想法，也许千秋并不这样想。男人自以为了解女人的一切，其实并不真正了解女人心理上的微妙变化。

不过至少到一年之前，他们还亲密无间，仍可沿用"垄断"这个词。

从去年春天开始，他们产生了隔阂。

当地电视台创办了一个新的电视栏目，名字叫《新闻·假日·新闻》，每周播出一次。是在星期天的晚上，摘要播报上一周发生的新闻。她担任这个节目主持人的助手。这档节目内容稍许有些陈旧，收视率不是那么高，但千秋却干得很起劲。因为她厌腻以前所从事的模特那种玩偶般的工作，喜欢这种能够积极地表现自我且内容常新的工作，并为能够上电视、成为新闻主持人的同事而感到自豪和兴奋。

千秋原先在宗形面前动不动就撒娇，并处处依赖宗形，自从职业改变以后，她开始沉迷于新的工作，整天埋头于业务。与宗形见面的机会越来越少，彼此之间也就越来越疏远了。

话虽这么说，但彼此并不是互相讨厌了或某一方有了新欢，而是各自热衷于自己的工作，不自觉地减少了幽会的次数。或者换句话说，他们在长期的交往之中，关系过于亲密，从而丧失了紧张感、新鲜感和吸引力。

"假如结了婚……"

宗形时不时地思考他和千秋两人的过往。

假如两人结了婚，住在同一个屋檐下，也许情况会与当前截然不同。即使同样没有紧张感或吸引力，只要两人在"婚姻"这一框架内，也许就能够相应地理解。

四年前，宗形和妻子分了手，移情于千秋。如果那时结婚，恰为最佳时机与火候。因为那时宗形的眼里只有千秋，她所做的任何事情，都能得到肯定或谅解。

因为喜欢马上就与之结婚，宗形还是觉得有点俗气。千秋也还年轻，似乎还愿享受一下浪漫的恋爱时光。再说急忙结婚，也对不住已经分手的妻子。

两人从内心里是相爱的，但也应彼此尊重各自的立场和乐于享受的私人空间。也许是这种浮华的想法有点过于理想化。在没有婚姻框架的约束之下来维持爱，是极为困难的。也许是两个人的好奇心太过强烈。

这是宗形单方面的思考与观察，事物未必不朝坏的方向发展。他们互相了解对方的心思，均不像以前那样信任对方并描绘幸福的未来。事情既会朝好的方向推进，也可能意想不到地恶化。

准确地说,目前两个人的状态应该算作慢性的怠惰。他们互相了解得很深,却一直不结婚,仅维持了五年性关系。这种疲劳或许会一下子显现出来。

"喂,不会有人跟我们乘同一班飞机出行吧?"

"有什么人跟我们同行?"

"比如说演员或者艺人什么的。"

"现在刚过了正月,可能没有吧。"

"那就好……"

千秋也许是担心受到牵连,怕被人拍照。

说起来,千秋虽身为"广角镜"特别节目的助播,但一周仅出场一次,不是那么引人注目,之前也未被摄影记者追踪过。再说宗形已经离婚,是单身,即使两个人在一起被人看到,也不是什么奇闻。两个人的关系朋友圈都知道,可以说是公开的秘密。

"害怕被人拍照吗?"

"是呀,被人盯着没好事儿啊。"

千秋皱着眉头回答。红润的脸上闪现出从未有过的女人的自信。

"过几天也许会被人说'多田千秋与年长十五岁的男人私奔海

外'啊。"

"别开玩笑!"

千秋故作夸张地说着,同时用胳膊肘捅了宗形一下。

车子从目黑开上了高速公路,因为是月末的周一,好像不远处已开始堵车了。

平时他们都是朝都市中心奔,今天却是从那里穿行而过,继续向前行驶,让人觉得有点奇妙的感觉。

宗形眺望着车窗外的街景,千秋好像突然想起什么,对宗形嚷道:

"安原小姐向你问好!"

安原怜子是千秋当模特时的伙伴,现仍在当模特。

"向我问好?"

"对,向你问好!"

宗形不由得想起了安原怜子那张总像忍耐着什么痛苦一般的脸。

安原怜子比千秋小两岁,作为模特来说算身材矮小,稚气未脱。宗形由千秋作陪见过她几次,相互说了不少话,但给人的总体印象是不太爱说话。对于千秋和宗形的关系,怜子知道得比较清楚,但没有告诉任何人。千秋让她"保守秘密!",她确实守口如瓶——也许正是她少有的嘴严,才加深了人们认为她不爱说话的印象。如果让千秋说,模特的这种嘴严好像是该职业不受人欢迎的另一个理由。

"安原知道我们旅行吗?"

"当然啦。"

"是你说的吗?"

"不应该说吗?"

怜子是千秋的老朋友,把这次旅行的事儿告诉她,也许是顺理成章的事。可是宗形心里有种不情愿。

"她说也想去呢。"

千秋很干脆地说。

"那可以带她来啊。"

"她一定高兴得很。"

宗形侧目一望,看到千秋的脸上泛着晨光,满面通红,没有作态和故弄玄虚的样子,心口应当是一致的。

但是,宗形仍有点拘泥于千秋刚才说过的话。她说的"高兴"

是指三个人同行增添兴致呢,还是在挖苦自己呢? 不管怎样,以前千秋在这样的时候,会满怀嫉妒心地一口拒绝:"不愿意三个人一起出行! "

"她好像认为你是去工作的。"

"那咱们多拍些照片吧,回去给她看看。"

宗形三年前辞掉电视导演职位,独立创业,经营影视公司。主要制作电影和电视节目,有时也拍广告节目。

"可以用一下安原小姐拍广告! "

"是啊……"

宗形仿效千秋很干脆地点点头。

说实在话,在这之前宗形就想利用怜子做模特拍写真。因为怜子有一种一般时装模特所不具有的清秀之美。正可以利用这个条件,拍个化妆品或葡萄酒的广告节目。

但是,怜子作为一般模特不怎么引人注目,也没有知名度。想让广告主认可其作品的影响力是比较困难的,她本人对此也没大有积极性。宗形觉得尽管效果不会太理想,但有此机会,还是应当拍一下试试。这应是明智之举。

有灵性的千秋也揣想到了这些情况。

"她意想不到地丰满啊。"

"是吗？"

胸脯丰满对于宗形所构思的写真未必需要。

"让她脱光衣服，她也许会脱掉的。"

"用不着脱。"

"下次一起去巴厘岛旅行吗？"

宗形把吸了半截的香烟灭掉，瞅了千秋一眼。

千秋这句话几分是真、几分是假呢？原先提到怜子，千秋只是轻松地笑笑，不往心里去。两个人没有什么关系嘛。这次千秋旅行中特意提起这事儿，是什么意思呢？是无缘无故地嫉妒呢，还是单纯地开玩笑呢？

"道上很拥挤啊。"

宗形的目光越过千秋的头脸，投向车窗外。车已越过了都市中心，在高速公路的一个匝道处左右排列着若干汽车。

"航班几点到雅加达？"

千秋突然想起什么来，开口问道。

"六点吧。"

"那需要八个小时呢。"

"是啊！还有两个小时的时差呢。"

宗形从手提包里拿出日程表来看了看。虽然只是两个人的旅行,订购机票的代理店所印制的表上,仍正规打印着"宗形健一郎·多田千秋氏旅行日程"。

"总共十个小时吗?"

"中途需在新加坡下机,不然时间不会那么长的。"

千秋曾去过欧洲和美国,去东南亚尚属首次。乐于接受这次旅行的邀约,包括内心对于陌生国家的好奇。

"雅加达好像挺热啊。"

"因为地处赤道嘛。"

"应当比日本的大夏天热。"

"你带着泳衣吧?"

"带是带着,但是我不愿意穿啊。"

千秋很介意自己的乳房小,很少穿泳衣。

宗形却喜欢其胸脯到腰部的位置,那儿显得稚嫩。

"好容易去趟南方的岛国,还是穿着浴衣晒黑一点儿好。"

宗形想象着他和千秋姿态慵懒地躺卧在游泳池畔的沙滩睡椅上晒太阳的场景。他俩一个四十三岁,一个二十八岁,年龄差距大,但外国人比较宽容,不会关注这个吧。

"喂,你怎么想起这次旅行的呢?"千秋的问话打断了宗形的思绪。

"怎么嘛,没有什么理由……"

"原先可没怎么带我外出啊。"

"谁说的,不是去过很多地方吗?"

如果包括国内旅行,宗形和千秋同行的次数数不胜数。

"最近一两年几乎没外出啊。"

千秋这样说完,窃窃地笑了。

"在我很忙的时候把我约出来,人可够坏的。"

"我觉得偶尔消遣一下也是可以的。"

从年底到正月这段时间,宗形忙于拍广告和录像,挨到一月底,好歹喘口气。他只是想利用这段难得的闲暇时间出国转转。

"嫌麻烦吗?"

"不是……"

宗形想在南方的岛国悠闲地度过一些日子,同时深入考虑一下与千秋的关系。而千秋并不完全了解宗形的真实愿望和意图。

二

差十分钟九点到达机场,离飞机起飞还有一个多小时。

宗形办妥登机手续,寄存好旅行箱,朝柜台头上的公用电话机走去。

一月底,观光旅行的人较少,而在候机大厅的一个角上倒聚集着不少人,一看就是旅游团。主要是老年人,也夹杂着部分年轻人。

宗形参加过一次旅游团,是从香港去泰国,只那一次,他就对随团旅游失去了兴趣。随团旅游的好处是从出入境手续到观光游览,全部由导游负责,个人很轻松,坏处是行动受限制,游玩难尽兴,而且花时间多。虽说旅游团包餐供饭,但早餐单调,只有咖啡和面包。中晚餐数量太少,十人一桌,充其量只有七八个人的饭,必须要互相谦让着动筷。尽管参团费用便宜,但宗形不愿意带着不爽的感觉去外国。

尤其是这次和千秋出行。如果参加旅游团,自然会和同行者熟识。这样的话,就会有人辨认出千秋。

宁愿花钱多点儿,宗形也乐于两个人结伴出行。

宗形从旅游团的人群中穿过，走到公用电话机旁，把电话卡插进电话机，开始拨打自己公司的电话。时间刚过九点，一个女孩儿在接电话。

"我现在在成田，很快就要走啦。公司里没什么事儿吧？"

"没有。"

"有事儿跟我联系！我住的旅馆已告诉你了。"

一个月前制作的节目刚刚开始播放，现在正是影视制作公司短暂歇息的时段。尽管电视界风云瞬息万变，自己离开一周不会出现多么大的问题。

"那我走啦。"

宗形以悠闲自在的口吻告别，心中却担忧自己不在时公司出现险情，好在当下并不是特别忙。他也为自己一个人为所欲为，感到有点内疚。

因为这不是去工作，而是和情侣去名胜地观光旅行……

其实，如实告知公司的同事，说自己利用少有的休假去消遣一下，也问心无愧。尽管自我安慰，却仍然放不下心来，也许这是一个专注于工作的男人的习性。

"最好不要想得太多！"

宗形这样告诫自己。然后踱步到小卖部门前,千秋正在那儿等着他。

"这儿有茶水和年糕片,那好像是酱菜啊。最近竟有这样的包装啊。"

千秋让宗形看一个白色的塑料容器。他们都喜欢吃日餐,唯有这一点,从两个人相遇之初到现在,依然没有变化。

"这个放到你那包里。"

千秋带了一个黑色的中型挎包,里面塞进了宗形的书包,仍然还有富余的空间。

标示启程航班的告示板上,文字又变了,十点起飞经由新加坡前往雅加达的航班排到了第四位。两个人看到文字,乘自动扶梯下到一楼,办了出境手续。

离起飞时间还有三十分钟,他们前往登机口处排队等候。

早晨离开家时,天气十分晴朗,现下透过候机室玻璃窗,可以看到机场上空被薄薄的云层覆盖着,工作人员的衣裤被风吹得飘忽飞扬。

"看样子外面挺冷啊。喝杯咖啡好吗?"宗形提议道。

候机厅后面有咖啡柜台。于是两人走到那里,要了两个热咖啡喝起来。

"还没吃早饭吧？"

"但是不饿。"

登机口前面聚集着很多乘客。有不少商人模样的人，还有两个像印度人的孩子在隔着父母的身体打闹。看来无论在哪个国家，只有孩子明朗活泼而没有烦忧。

"我去打个电话！"

千秋放下咖啡杯，朝右侧的公用电话机走去。

千秋今天穿着白色麻料西装裤和水珠模样的罩衫，下摆在腰部随意地维系着。

大厅外面风寒料峭，千秋却是一袭夏日的装束。

在距离话机很近的地方，有两三个人目不转睛注视着千秋。他们好像不是发现她常在电视上露面，而是被她的打扮迷住了。

大概因此而被选当模特，千秋身材匀称，出类拔萃。可惜身高只有一米六零稍多点儿，应属身材矮小的模特，这也是她难以发达的根由。

在男人们的注视下，千秋侧着身子，手拿话筒，低声细语地讲话。有时伴以轻轻地左右摇头，有时眉开眼笑地抑扬顿挫。拉开距离从远处看,千秋的表情意想不到的丰富。

可能是觉得好笑,千秋又笑了。好像对话很愉快。

眼看就要登机了,她在跟谁气定神闲地通话呢?……

几年来,宗形从未觉察千秋和别的男性交往。有时互相打趣说"那个男人真帅",她也没有往心里去的样子。

现在,她侧着的脸庞展现出的,也许是和喜欢的男人调侃的表情。如果是和女性朋友讲话,会露出那么满足的微笑吗?

宗形心中掠过一丝嫉妒,斜乜了她一眼。看到千秋正朝这边张望。

宗形回过头,看了看登机口。好像就要开始验证登机了。两个职员端正地站到了入口处。

宗形把剩下的咖啡一口喝完,拿起放在地上的书包。

十点零五分,飞机滑跃升空,飞离成田①。

机舱内几乎满员。千秋坐在前舱靠窗的座位上,宗形坐她旁边。

---

①即成田机场,位于千叶县。

飞机在加速爬升。宗形从舷窗口俯视着东京湾,长长地舒了一口气。

无论说什么,此后大约一周时间,两人要在一起度过。飞机起飞了,就回不去了。宗形是因此而松了一口气,松口气的同时又觉得精神有点郁闷。

日后到底能不能与千秋和谐相处呢? 自己是为了挽回有些怠惰的情侣关系,才计划这次旅行的。如果硬要为旅行找借口,也就这一点,没有其他理由。这次旅行就是自己计划、千秋响应的。好像这过程也有点影响情绪。

"刚才咱们喝咖啡时,对面坐着一个留胡子的人吧。"

千秋从舷窗旁扭过头来问。

"不就是村野规划①的那个人吗? "

宗形确实记得有个留胡子的人,但已记不清面孔。

"见到他不好吗? "

"不是……"

村野规划是千秋所在电视台属下的电视剧制作公司。

---

①公司名称。

"应当跟你的工作没有直接关联吧。"

千秋之前一直不掩饰她和宗形的亲密关系,即使别人知道,她也只是付之一笑。

"那人进到咖啡柜台里面去了吗?"

"可能跟这个没关系吧。"

"那么,这个人坐在这架飞机上。"

"没事的。好像对方也记不清我们。"

当初千秋决定当助播时,宗形一方面赞成,一方面担心。

助播工作她能够胜任吗? 千秋脑子不笨,可这毕竟是不同于模特的新工作……

然而,千秋做起助播工作来,却是意想不到地努力和拼搏。她每天在报纸和杂志上浏览文章,摘录重要的消息,查阅相关的语言和人物。还订购外国杂志,翻看外语词典。

没想到千秋是个这么用功的人。

千秋一心扑在工作上,对宗形的依恋越来越淡薄。

以前,宗形一天不打电话,她马上发牢骚,约会去晚了,一准被她埋怨。从买衣服、鞋子到其他,万事都与之商量,似乎千秋的生活在围绕着宗形转。宗形对此一方面感到满足,一方面嫌麻烦。

现在呢？宗形好几天不打电话，她也不计较。宗形在感到轻松自在的同时，意识到与千秋的相互依恋感淡薄了。

说实在话，千秋热衷于工作并不是坏事，但从宗形个人的心理上来说，并不是值得赞许的事情。也许他心眼有点儿坏，有时巴望她工作不顺利，可以向自己诉苦和求助。

飞机飞离日本列岛，在太平洋的上空笔直地南下。现在天气晴好，万里无云，看下去蔚蓝的大海波光粼粼。

飞机一直在平飞，没有气流干扰，运行十分平稳。空姐运来了机内便餐。时间已接近十一点，而供应的好像是早餐。

吃完早餐，机舱内的光线暗了下来，开始放电影。是西方侦探片，也是两年前两人一同看过的片子。

宗形看到半截就睡去了。大约过了半小时，又醒了过来。电影还在放，千秋也睡着了。

千秋的脑袋起先靠在窗沿上，不知不觉又靠在了宗形的肩上。

宗形凝望着千秋的睡容，轻轻地握起她柔软的手。

初次相识时，不小心碰到她的指尖，千秋就会浑身哆嗦。后来随着关系加深,肌肤之亲已成为常事,她能在宗形身旁自然地睡去,有时宗形主动把身体靠过来,让其倚靠。当下头靠在宗形肩上正是惯常的睡姿。

宗形留恋这种甜蜜,同时又觉得不可思议。

和往常一样,此刻也是脑袋靠在他肩上,两手搭在他身上,没有任何不安地呼呼大睡。

然而醒来之后的态度和神情,以及语言和措词,已与当初截然不同。当今的她,整体上表现出独自生活下去的自信和坚强。

"变了……"

宗形嘟囔道。千秋好像听到了一般地活动了一下身子,脑袋如同失去了支柱一般地摇晃了几下,瞬间睁开了眼睛。

"什么……"

千秋知道自己的睡容被别人浏览了。

"讨厌……"

"什么?"

"是你先睡着的。"

千秋端正了一下坐姿,用手拢了拢头发。

"现在到哪儿啦?"

"可能还在太平洋的上空吧。"

机舱内的电影还在放。宗形在暗淡的光线下,突然想起了睡前所观察到的飞机在大海上飞行所投下的影子。

三

当地时间下午六点半,飞机到达雅加达。落地之前乘客按照空姐的提示,把腕表回拨了两个小时,所以航程大约消耗了十个小时的时间。

"哎呀,终于到了。"

宗形不无感慨地说。千秋坐着展开双臂,伸了个懒腰。

"从机场到旅馆需要多长时间?"

"好像需要三十分钟。"

"旅馆的名字应当叫'鲍劳布道尔'吧,可能是取自印尼古代遗迹。是五星级呢。"

以前,千秋总按照宗形的引导,默默地跟着来去。这次却预先阅读了旅游指南,连旅馆的名字、位置都核查过。

"明天顺路去那个遗迹看看,然后再去巴厘岛。"

起先打算下机直接去巴厘岛，但好容易到一趟印度尼西亚，不游览首都觉得有点可惜，就决定在雅加达住一宿。

"累了吧？"

"没有，我没事儿。"

虽说飞机已落地，但只能看到窗外星星点点的灯光，跑道尽头仍是一片黑暗。

"外面挺热吧。"

"因为这是南洋啊。"

"南洋？……"

千秋微笑着戏谑。宗形忙分辩道：

"过去是这么说。"

太平洋战争时，东亚人统称印度尼西亚和马来西亚一带为"南洋"。宗形当时刚刚出生，长大后听有从军经历的叔叔说起过。

"这一带也曾被日军占领过。"

谁占领过咱不管，千秋对战争不感兴趣。

飞机向右拐了一个大弯，在停机坪前停下来。舷窗右边能眺望到机场大楼的一角，那里灯光也不多。

宗形走下飞机，站在首次谋面的雅加达国际机场上，暗夜中的异国他乡让人感到某种寂寞。因为习惯了羽田或成田的繁华,东南亚的机场显得特别冷清。

然而,今晚是和千秋在一起。虽然不是倚赖千秋,但想到不是孤家寡人,宗形觉得心里很平静。

不久,舱门被打开,伴随着空姐的宣告,乘客们开始躁动起来。宗形确认好自己的行李后,站了起来。

该机场没有登机廊桥,好像直接下到地面。

从门口走到舷梯的瞬间,一股热浪迎面扑来,突如其来的气温骤变,使宗形一下子喘不上气来。开着冷气的机舱内与外部世界的温差太大了。

"哎呀!这么热啊。"

"可能和日本相差二十多度吧。"

大概因为暗夜的寂寞和蒸笼般的暑气而感到不安,千秋下舷梯时,尽量把躯体往宗形身上靠。

借着天上朦胧的星光,可以看到机场周边的椰子树丛。飞机周围的地面上很暗,站在舷梯旁忙碌的勤务人员,只能看到其白色的衬衫。

乘上开往机场大楼的摆渡车,宗形想起了岩濑前来机场迎接的事儿。

计划这次旅行时，不准备和当地任何人联系与见面，只想请岩濑在雅加达给带带路。他和岩濑是此前制作纪实节目时相识相知的，现在岩濑担任东京报社驻雅加达分社的社长。

宗形对岩濑说去两个人，没说另一人是女性。而岩濑长期待在国外，也许早已猜到这种情况，也许实际见到，会感到惊讶。

岩濑知道宗形已经和妻子离婚，现在是单身。其实，事到如今也用不着再隐瞒。但是两人初次见面，应该怎么介绍千秋呢？是该称呼"女友"呢，还是该称呼"朋友"？

说实在话，现在自己与千秋的状态不能确切地称呼为女友，但又住在一起，称呼朋友更荒唐。

宗形想着想着，摆渡车到了机场大楼。

可能是没开冷气或感觉不出开冷气，候机厅里也很闷热，昏暗的灯光下，乘客排起了长队。

以前听说这个国家从入境检查到行李检查，手续都很繁琐，现在却感觉出乎预料地简单。

两人领到旅行箱，走到接客候客厅，看到里面人头攒动，都是来接客的人呢，还是人们闲来没事，聚在这里解闷呢？连过道上也挤满了人。

宗形扭头看见有个穿香港衫的高个子男人在向他们招手，是岩濑！三年没见，岩濑皮肤已晒得黝黑，不亚于当地人。

"谢谢你晚上特意来机场接我们！"

"累了吧？车停在那边。"

寒暄完毕，岩濑便领着往停车的方向走。

"请等一下……"

宗形叫住他，介绍站在身后的千秋。

"这是和我一起过来的多田千秋女士……"

宗形本想称呼"小姐"，随口改成了"女士"。

岩濑略有所悟般地点点头，轻轻地行了个礼，自我介绍说："我姓岩濑！"

"这里很热啊。"

"因为东京此时还是冬季。"

两个男人若无其事地并肩走起来。

岩濑的车停在机场前的公路对面。好像是他的专车，雇佣当地的司机开着。岩濑把旅行箱交给那个人，让宗形和千秋坐在后排座位上，自己坐到了前排副驾驶位上。

"来这边几年了？"宗形问岩濑。

"已经三年了。再待下去，人会变傻的。"

"出发前我见到角田先生，他向你问好！"

"他现在当部长了吧？好像听小林君说过。"

宗形一边讲着两个男人才懂的话，一边偷窥千秋。

如果他们是正式夫妻，岩濑也许会坦率地跟千秋搭话，因为相互有各种谈资，比如"太太是第一次来印尼吗？""喜欢吃什么样的饭？""对爪哇印花布感兴趣吗？"

然而，两人不是正式夫妻。岩濑也许正在困惑：用怎样的口气跟千秋搭话呢？

可能在困惑这一点上，千秋也一样。对于初次见到的陌生男人，应该采取怎样的姿态呢？如果熟不拘礼，会觉得可笑；如果太不和气，更有失礼貌。何去何从不好拿捏，干脆来个一言不发。

宗形有些后悔让岩濑来接机。如果不允他接，直接在机场拦辆出租车，径直去旅馆，也就没有这样的麻烦。

宗形默默地思考，岩濑两眼凝视着前方：

"多田女士也是第一次来印尼吗？"岩濑打破了沉寂。

千秋被突然搭话，迅即回答"是"，继而补充说"是的"。

"今天天气这样，就算很好了。"

"一年当中都这样吗？"

"这里虽分雨季和旱季，但暑气都一样。我来第一年就因为酷热干不了工作。"

"你家里没有空调吗？"

"有是有，只有日本人经常开空调，当地人几乎不开。出租车有空调的极少。"

直通机场的道路好像是条干线公路，车很拥挤。日本产的车居多，其中有不少旧车。

"都不怕热吗？"

"还是耐热吧。他们不大出汗，也许和我们体质不一样。"

宗形看到两个人交谈得很顺利，心里慢慢沉静下来。

旅馆位于市中心的自由纪念塔附近，级别很高，去商务街乘车几分钟就到，交通也很方便。

"我想和你们一起吃顿饭，已经预约了餐馆。"岩濑说。两人决定听从岩濑的安排，与其约定三十分钟后在大厅里再见。尔后两个人住进了房间。

确实像在东京预约的那样,房间足够大,放着双人床,会客室放着整套家具。

"终于到休息的地方了。"

宗形从搬运工手里接过旅行箱,待搬运工人离开房间,展臂挺胸做了一个深呼吸。

"房间布置得挺好的,一派南国风格。"

椅子是藤子编的,一溜排到阳台。

"这里能看见游泳池啊。"

千秋站到阳台上,伸手拉开窗帘。宗形站在旁边,把手搭在千秋的肩上,尔后猛一用力,将千秋一下揽到怀里。

千秋瞬间露出惊讶的表情,但很快闭上了眼睛,接受亲吻。

千里迢迢来到雅加达接吻,宗形对此感到有些异样的兴奋,千秋却迅速把嘴巴收了回来。

"哎呀,岩濑先生还在等着呢。"

"没事的。"

"不合适啊。特意让人家来迎接……"

千秋朝有镜子的桌子旁挪动。宗形听着她轻松的脚步,既觉得有点意犹未尽,又不得不顾及约定的时间。他动作麻利地打开了旅行箱。

"那个岩濑是个帅哥吧。"

"不太像个新闻记者啊。"

"人很潇洒。"

"下步要去的地方有冷气吧？"

"可能有，因为他会考虑咱们怕热。"

"穿短袖就可以吧。"

千秋走进浴室开始换衣服。

宗形已快速换上夏季新西装裤和新白衬衫，接着敲了敲浴室的门。

"我想刮刮胡子。"

"对不起，我马上就完。"

宗形听到对不起的话有点感慨和怀念。如果再说一遍，也许很平凡，但是已经好久没听到千秋说"对不起"了。

宗形半躺在藤椅上，将两腿伸到前面，点燃一支香烟。

有多久没有听到刚才的话了呢。是一年、两年，抑或更短时间呢。并非这期间千秋说话粗鲁或冷酷，只是说话干脆直接，没有客套成分了。

宗形用手驱赶烟雾时，千秋从浴室里出来了。

"怎么样？"

站在他面前的千秋穿着橘黄色的、前端开口的衬衫和同色的夏季西装裤，一只手插在口袋里。

"合适不？"

"有点花哨啊。"

"在南国穿花哨点儿算顺其自然吧。"

也许橘黄色的衣服让千秋白皙的肌肤显得更亮丽，到大厅里会引人注目。

宗形对和岩濑一起聚餐有点介意，乃不得已而为之。与己同行的年轻女性刚刚到达就马上换西装裤，也许会令他惊讶。

"有点怪吗？"

"怪是不怪……"

"他怎么考虑咱俩呢？"

"他没考虑什么吧。"

"不是，是说咱们的关系……"

千秋照着桌上的镜子，用手拢着头发，期待着宗形的回答。

"恋人呗。"

宗形说得就像和自己无关似的踱步到阳台上。

旅馆周边的灯光交相辉映，透过树丛的掩映，可以看到碧绿的游泳池。才八点钟，游泳池畔的三个沙滩睡椅上空空荡荡，没有人影。

岩濑带他们去的地方在闹市休闲区，从旅馆乘车只需五分钟。

用餐处的入口在道路尽头很浓密的树丛中，好像是一栋独立的建筑加一个院落。据岩濑说，在荷兰统治时代，荷兰总督曾把这里用作别墅。故而从门廊到入口都由上等的大理石砌成。

正面大厅里，陈列着昂贵的民间艺术品。有三个印尼人操纵着当地流行的像笛子和古琴一样的传统乐器在演奏乐曲，让人感觉步入了一个民俗奇特的南国风情乐园。

主餐厅连着两个十坪左右的房间，再往前是光线明亮的院子。

岩濑好像多次光顾这里，对环境较为熟悉。经理是荷兰人，他热情地迎接三个人，把他们领到了紧邻院子最里头的座席上。

"这儿很豪华啊。"宗形开始发话。

"是靠入侵手段榨取的。"

岩濑以嘲讽的口吻说。在过去的两个世纪里，荷兰曾在这个地方设立东印度公司，巧取豪夺当地的财富。这是千真万确的事实。

饭菜是所谓的法式西餐,但是出菜的方式很有意思:十几个身着民族服装的当地女性排成一排,一个人送一个盘子来,一个菜一个菜地放下后再离去。在整道菜上完以前,那个队列要在桌子周围转悠几圈。

"这太浪费了。"

"只是一种表演,出场费很便宜,比较容易做到。"

不一会儿,同样身着华丽民族服装的男人们一边演奏着乐器,一边登上中央舞台,兴高采烈地唱起歌来。开始好像是印尼歌,中途改变为墨西哥流浪乐队那样的表演,在客人座席之间绕来绕去,还要求客人点歌。

"不点唱一首吗?"

岩濑对宗形低声说道。

"能唱日本歌吗?"

"有名的歌曲应当没问题。也会唱流行歌。"

宗形环顾一下四周,见来客中白人、日本人和中国人各占三分之一。

"你好!你好!"

流浪乐队队员们操着极为单调的日语走到跟前。他们很快分辨出岩濑是东道主，宗形和千秋是客人。

他们站在两客人身后，突然把九重葛的花环挂在客人的脖子上，并鼓掌高喊："先生！太太！"也许有人鼓励他们见到貌似夫妻的男女组合，就献上花环，喊"先生！太太！"，以让男女客人开心。

宗形戴着花环，瞅了千秋一眼，她戴着两个花环，正腼腆地笑着。

"请点首歌吧！"

宗形又被岩濑催促了一次，就点了《梭罗河》。

"啊，《梭罗河》……"

领头的那个稍胖的人点了点头，以打拍子为号合唱起来。

"知道这首歌吗？"

岩濑问千秋。对此提问，千秋歪着头认真想了想。

"过去有个叫久慈麻美①的歌手，是她唱的，这歌和《雅加达的夜深了》一样很流行。"

岩濑比宗形大五岁，很了解情况。他一直待在印度尼西亚，也

---

① (1922–1996)，日本电影演员、歌手。

许还查过这方面的资料。

乐队队员唱着唱着,岩濑也加入了进来。千秋也似乎不甘落后般地轻轻哼唱起来。

歌唱完了,所有歌者一并发出了欢笑声,听众也鼓起了掌。

"请你点一首吧!"

在岩濑劝说下,千秋思考了片刻,点了《我的太阳》。

"明白了,明白了。"

乐队马上奏乐,声音洪亮的男人展开双臂唱了起来。

初来乍到就被这儿豪华的气势所吓倒,现在又感受这南国特有的热烈氛围。

千秋自己不知不觉地打着拍子和声。

歌曲唱罢,欢声再起,接着又演奏《樱花》的旋律。

"他们比日本人都熟悉啊。"

千秋难以置信地侧耳倾听。

他们最后合唱了歌曲《荒城之月》,即兴演唱宣告结束。

"真棒!真棒!"

他们自己为自己鼓掌,尔后又向千秋献花,并送去飞吻。

在乐队队员华丽服装的映衬下,千秋一袭橘黄色的艳丽夏装好像格外引人注目，周围的客人们还在鼓掌。这期间，岩濑和歌手们一一握手，并付给他们小费。

"该向他们说点什么？"

"说'谢谢'。"

"谢谢！"

千秋受到鼓励，有了胆量，大声对歌手们说道。歌手们又送来鲜花。

"怎么样，挺不错吧。"

"很开心啊。"

千秋躲避着男人们的视线，脸色有点绯红。她用手帕轻轻地按了一下额头，轻声向岩濑打听：

"洗手间在哪儿？"

"在对面。跟男服务员说一下，他会带你去。"

岩濑说完，从口袋里拿出一些零钱交给千秋。

"请把这钱交给洗手间前面的女人，以便你如厕。吃着饭跟你说这些，似乎有点荒谬，但又不得不说。当地的风俗习惯是一般在洗手间墙角放个水箱或木桶，盛着如厕后清洗局部所用的水。"

"讨厌啊。洗手间只备水。"

"是啊！要么自备纸，要么用水洗。旁边有个水槽，他们都这么用。"

"不用纸吗？"

"他们只是淋点儿水，用左手很快地刮擦一下，就算了事。因为左手不洁净，所以不在人前亮出来。"

怪不得，女性们吃饭时都只用右手。

"您不用担心，没事的。"

在岩濑的催促下，千秋不安地朝洗手间走去。目送千秋远去，岩濑低声对宗形说：

"这个人挺漂亮啊。"

"以前当模特，现在是电视台的演播助理。"

"助理？"

"每周出镜一次，只在星期天晚上。"

"怪不得给人感觉不一般。挺年轻吧？"

"二十八……"

"挺好吗？"

宗形似乎有点难为情。岩濑却露出了恶作剧的表情。

"今晚怎么办？"

"什么怎么办？"

"不能让她一个人待在旅馆里。如果方便的话，带她去个有趣的地方。"

"也不是不可以……"

"游乐园附近有个夜总会，那儿有不少女人，也比较清静和安全。"

宗形对于突然的邀请表现出犹豫不决。岩濑转而问道：

"明天离开雅加达吗？"

"对。去巴厘岛。"

"巴厘岛是个好地方，但是没有那样的女人。那个岛子奉行的是印度教。"

"什么样的女人？"

"说来有点荒唐，这里的女人出生后不久，都要按照当地土著的习惯，施行割礼。"

"所谓的割礼，是把生殖器上被遮盖着的部分切开吧。"

"那是男的，女的好像要切掉阴蒂。"

"真想不到……"

"这是真的。我玩过几个女人，外阴都是光溜溜的。有的切不干净,还留有痕迹。"

"那样感觉就不行了吧。"

"好像就是为了不让女人享受快感。女人本来就贪得无厌,外头和里头都充满快感会享受不了。"

宗形把视线转移到往周围桌子上送菜的女人身上。她们都用裹着布片一般的服装遮蔽着纤弱的身体。容貌姑且不谈,体型都柔美、矫健。割礼会使这些女人们失去女性最敏感的地方。

"做爱时,那儿完全感觉不到吗?"

"倒也不是,只是比普通女人的性快感弱,需要强烈地挤压那部位。"

宗形又瞅了一眼在桌子周围的女人们。

"好像什么书上说:为了不让后宫的女奴隶逃跑而切掉其一部分性器官。目的是让其一走路就感觉到自己不健全,从而不想入非非。"

"那只是后宫吧。一般的情况是全部切掉。"

"哪个都很残酷啊。"

"因为当地的教规严厉啊。"

宗形眨眨眼睛,重新定位自己是身处异国的雅加达。这家餐馆的豪华,使他产生了身处东京的错觉,然而,这里人们的身体、精神与装束与东京是截然不同的。

"要是想去夜总会看看,我就带你们去。"

"哦……"

宗形答应得很含糊。千秋如厕回来了,她目光炯炯,一落座马上陈述:

"洗手间真的放着木桶和水。她们便后就那样洗吗?"

"没见过怎么洗,好像动作敏捷、手法高明。"

"说起来简单,做起来可不得了。"

三个人会声大笑起来。男服务员走过来,把剩下的葡萄酒斟到酒杯里。果如岩濑所说,所有动作都只用右手来做。

"绝对不能用左手吗?"

"那倒不是,至少不能触碰别人。要是不留神用左手抚摸了孩子的头,其家长就会发怒并指责。"

餐馆里再次爆发出很大的欢呼声,宗形回头一看,手持乐器的歌手们演出结束,在谢幕。他们一边向欢呼着的客人们挥手致意,一边朝出口走去。

他们经过宗形三人身边时,也连声说:"谢谢!""祝好!"。

"这下安静了。"

"那些歌手们都很开朗啊。"

"在这样的地方无暇顾及其他。"

人经常处于过于明亮的阳光下或过于繁茂的树木下,也许会丧失严密思考问题的能力。

"可是,在这样的地方悠闲自在,挺好啊。"

"不,这地方不能久待。"

岩濑一边用手接服务员端来的盛着餐后点心的大盘,一边续言道:

"日本人都把这里称作南国乐园,其实天天生活在这里是很乏味的。"

"是吗?"

"这里分干季和雨季,不过是雨水多点儿或少点儿而已,常年充满暑气,总是炎热高温。一年四季开着九重葵,倒是满目苍翠。"

"花儿不枯萎吗?"

"不,也枯萎。只是一些枯萎了,另一些接着绽放,故而让人觉得常年开花。绿色是一年到头的主打色,到处都是枝繁叶茂的草木,不仅眼睛得不到休息,人的心情也会因亘古不变的绿色而感到压抑，变得郁闷。"

宗形啜了一口服务员刚端上来的咖啡。可能是身处产地的缘故，感觉很浓，略带酸味。

"没有季节变化，会使人大脑变傻，记忆力减退。生活在日本，可以根据季节记事，比如'我在梅雨时节见过您啊'或'咱们是在霜打红叶之际一起去的'。这里总在开着花，没有冷暖季节的交替。"

"那时尚在这里也不成立啊。"

"对，一年到头只穿衬衫和薄裤。什么单衣、夹衣、大衣、毛皮外套一概不需要。"

"也不能做俳句。"

"是的，也没有描述季节的词汇。"

千秋大概没有感觉到旅途的疲劳，不停地与岩濑交谈。宗形一边听着两个人很投机的会话，一边思考割礼的问题。

真的有女性接受这样的处置吗？自己和千秋来到这里，却在思考这样的事情，有点任性，但饶有趣味。

"咱们走吧！"

岩濑提议。宗形一看腕表，时针指向九点半。

宗形点点头，站起来，跟在岩濑后面，从餐桌旁向外走，千秋紧随身后。出门看到那些送菜的女人排成一队，依次向他们鞠躬。

那些乐队队员在正门入口处演奏舒缓的音乐。

岩濑走着走着，突然回过头来低声问宗形：

"那个怎么办？"

宗形回头看了看千秋。千秋正在浏览墙上的装潢。

"还是算了吧。"

当两个相恋之人的爱正处微妙之际，再去那种地方也许太不慎重。

"好吧，有点遗憾啊。"

岩濑说完，快步朝门廊走去，以招呼自己的专车。

返程中宗形和千秋仍然坐在车后排，岩濑坐在副驾驶位。

"给开到千佛坛旅馆！"

在缠着白头巾的男人们注视下，车子驶离大理石门楼，穿过树丛来到大街上。可能是司机等候时关掉了冷气，感觉车里很热。车外温度好像近三十度。

"我已预约明天早晨十点和这儿的文化局长会面，就不能去送你们了。"

"不，不用送。今晚你带我们去那么好的地方，谢谢你！"

宗形坐在车里，做着轻微的鞠躬动作，心里盘算岩濑邀请去夜总会的事，思想上有动摇。

要不就把千秋放在旅馆，我们去消遣一下。接触一次那样的女人，可以开开眼界，并不会影响自己对千秋的爱。转念又想，岩濑这人不怎么样，他不应当拆开情侣，劝男人去玩女人嘛。然而，岩濑又好像没什么恶意，只是约他消遣一下而已。

"天上的星星真明亮啊。"

千秋不知道宗形在思考什么，仍惬意地打开车窗，仰望夜空。

"是南十字星吧。"

"不是，现在还看不见它。"

岩濑胸有成竹地说完，又高兴地问道：

"谁陪同你们去巴厘岛游览啊？"

"有向导，是日本人。隶属于一个叫陶拉努巴的旅游公司。"

"那样没问题。那里还有高原，也可以去看看。"

宗形点点头，心想自己有点懒得去巴厘岛。

"揭路茶的飞机没问题吧？"

"那是印尼的国企，不用担心。"

"准时吗？"

"这是印尼人的事，日本人掌握不了。"

当三个人开怀大笑的时候，车子开到了旅馆前。

他们一下车，热浪马上扑了过来。好像它们一直在暗夜的树丛中埋伏着，"猎物入网，马上包围"。

"好好休息吧，祝旅途愉快！"

"真的谢谢您！"

两人反复致谢。岩濑轻轻地扬了扬手，钻进汽车，很快消逝在暗夜之中。

"今晚很开心！"

千秋一只手拿着提包，一只手推开了旅馆的旋转门。

四

两人回到房间，时间刚好十点。可能是出门时开了冷气的缘故，房间里很凉，送风声有点大。宗形拧了一下开关，好像温度可调，风量不能调低。

宗形断了减小动静的念想，开始在床前脱衬衫。

"现在休息吗？"

飞机连续飞了十个小时，到达后马上去吃饭。如果从早晨起来去成田机场时算起，已经过去了十四五个小时。

"明天还要早起。六点必须离开旅馆。"

在日惹看完大佛坛，当天进巴厘岛，只有早晨七点的飞机。

"你不累吗？"

千秋不作答，而是用双手往上拢着头发，坐在床边。宗形解开了衬衣的一半纽扣，点燃香烟，仰卧在床上。

印尼的旅馆，天花板很高，床位也很宽敞。一直仰卧在那里，睡意很快就会袭来。

"那个游泳池没人用，多可惜啊。"

千秋从窗户里眺望游泳池。她身子靠在阳台上，上部向前倾，圆润的臀部翘突着。

宗形看了一眼，想起岩濑所说过的女人。

小时候被剜掉最敏感部位的女人们，也许正在这座城市的某个角落里卖身。

"周围挺安静啊。"

"是的……"

宗形从脑海中拂掉女人们的事儿，从床上坐起来。

"喝点儿什么吗？……"

冰箱上面的橱窗上放着小瓶威士忌。

"让人拿冰和水来吧！"

宗形刚走到电话机前。千秋回头问道：

"在这儿喝吗？"

"想去哪儿？"

"刚才瞧见旅馆的酒吧，里面挺漂亮的。"

"那儿的音乐不吵吗？"

"可能你累了吧。"

"连续奔走了十多个小时。"

"那就算啦。"

"旅馆的酒吧下次可以去。"

"我想去是因为第一次来。"

"明天要早起！"

"您休息吧！"

"不，想去也可以。"

"太晚了，算了吧。"

"晚倒不算晚。"

不知不觉中，两人去否的立场作了转换。宗形意识到这一点，便笑了，千秋也露出苦笑的表情。

"咱们都挺怪啊。"

"因为你在使坏。"

"你才使坏呢。"

爱怎么说怎么说，宗形不再反唇相讥。

"就在这儿喝吧。"

千秋断了去酒吧的念头，开始在壁柜前换衣服。

宗形把威士忌和酒杯放到桌上，一边倒酒，一边回味刚才那个小小的龃龉。

说老实话，宗形从回到房间，往床上一躺，就懒得外出了。他不愿让人认为是年龄原因致劳累，故而中途改口说要出去。

稍早和岩濑在一起时，还想着饭后出去找女人，未必就感觉到累。也许是因打消去消遣的念头而引起的焦躁，令千秋反感。

现在的不和是微不足道的事情，但多少会影响彼此的情绪。两个人好不容易来旅行一次，初来乍到就对别的女人感兴趣，置千秋于不顾。虽然是好奇心所驱使，但不能说对千秋忠诚。

“穿着合适吗？”

千秋问。宗形回头一看，千秋穿着从胸脯到裤脚由藏青色过渡到浅红色的睡袍。

“有点儿像无袖的礼裙。”

“颜色花哨啊。”

原先千秋穿的睡袍或淡蓝色或浅粉色，均为单色。现下的睡袍五光十色，确实像南国的极乐鸟一般华丽。

“这种渐变色现在很流行啊。”

“……”

“与这儿的环境比较相称吧。”

当千秋正在抚弄裤脚时，门被叩响了。

她从窥视孔看了一下，打开门，男服务员端着托盘送冰和水来了。男服务员二十岁上下年纪，他朝穿着睡袍的千秋瞥了一眼，放下托盘走了。

“我也喝点儿。”

千秋兴致盎然地喊了一声，随即把冰放进酒杯里。似乎刚才的不痛快并未发生过。

“你也换一下衣服吧！”

千秋对着宗形的脸说。宗形顺从地从旅行箱里取出室内便服。这是藏青地配红花纹图案的夏威夷衫和裤衩,十三年前在夏威夷买的,既能当游泳衣穿,又能当室内便服。

"这个也很花哨啊。"

千秋坐在椅子上,仰脸望着宗形。

"两人穿的都挺怪啊。"

男人穿着花纹图案的游泳衣,女人穿着变色龙一般的睡袍,两个人面对面坐着。

"对啦。在成田买的东西,还放在你的包里。"

千秋打开包,拿出烤年糕片的袋子和一个白塑料容器。

容器里面是将黄瓜、茄子、襄荷细细切开再拌上紫苏的咸菜。

"这个怎么样?"

"看样子很好吃。"

宗形顺手抓起咸菜,想用室内便服的边儿擦一下,千秋赶忙递上湿巾。

"那样会把两样东西都弄脏的。"

千秋像妈妈一般地训斥道。转身又进浴室拿出湿毛巾。

"印尼的旅馆没有拖鞋啊。"

"他们在房间里也穿凉鞋。"

"不觉得脏吗？"

"从小习惯了，可能都不介意吧。"

"我可不喜欢。"

地板上浅驼色的绒毯看上去并不是特别脏，但赤脚踩在上面，并不很舒服。

"带着拖鞋来就好啦。"

"可以在岛上买双凉鞋嘛。"

千秋是个喜欢洁净的女人。两人第一次见面，她就明确地说："我的爱好是打扫卫生和洗衣服。"她把自己的房间收拾得一尘不染，窗明几净。关系升华以后，宗形弹下烟灰或弄脏桌椅，她都会忙不迭地拿来卫生纸或手帕，仔仔细细地擦个干干净净。

朋友安原怜子曾为此感到惊讶："千秋小姐连浴室都擦得锃亮。"她洁净得似乎有点过分了。

宗形倒是喜欢她的这种洁癖。

相貌美丽的女人不少，而爱好洁净的女人不多。相貌之美是可以用化妆品和服装来提升的，但爱好洁净却要通过家教或环境来熏陶，慢慢养成习惯。

如果有人问宗形是选择美貌，还是选择整洁，他会果断地选择后者。五官和姿色稍微差点儿，对日常生活没有影响。一个邋里邋遢的女人在你眼前晃来晃去，第二天就会厌烦。当然，这是以同居或结婚为前提，至于偶尔与之打打交道，也许没有多大关系。

初见千秋时，她就给人留有清瘦、洁净的印象。衣服穿得干净又合体，眼睛大大的，透显着机灵，一看就是争强好胜的类型。越是争强好胜，越喜好整洁。几年的过往证实了宗形的眼力十分准确，宗形对此沾沾自喜，并自得其乐。

但是，任何事物有长就有短，喜好洁净过度，就会让人觉得累。房间收拾得一尘不染的同时，她对任何事都很严厉，一旦作出决定，便不可通融。

比方说，确定明天早晨打扫卫生，就是宗形在酣睡，她也会叫醒他腾地方。闲暇之时，两个人待在一起，宗形突然想做爱，必须央求于她。征得同意后，首当其冲的是要他去洗手。任凭宗形怎么说干净，也不行。千秋的洁癖此刻表现得淋漓尽致。宗形却在洗手的过程中，没有情绪了。两人在床上做爱，事儿一结束，她会迅速离开宗形，没有卿卿我我的缠绵悠然。

在床上尚且如此，平时就更明显了。

宗形工作结束得早,想利用空闲与千秋幽会,有时会遭到千秋的断然拒绝。有重要事情不能脱身另当别论,往往都是堂而皇之的理由,"早跟朋友有约了",或者"已确定去洗桑拿"。

如果劝说她:"明天去吧?"她会说:"不行!因为早已定好了。"显得很无情。

"跟我幽会和去洗桑拿哪个重要?"

如果宗形就此质问她,千秋会不置可否,指责宗形"不该这么说"。

态度倒是鲜明,但过于任性,令人感觉乏味。

话虽如此,但千秋的爱情观并不淡薄。

过去,应该用"过去"这个词,两个人的关系最融洽时,千秋每天都给宗形打电话,说自己想幽会。宗形在她的房间住下,她次日早晨睁开眼睛的第一句话就是"我爱你"。一人外出或归来,也说同样的话,并相拥接吻。宗形作为男人,有时觉得难为情,千秋却不害羞,毫不在乎地说和做。

令人不可思议的是,尽管千秋那样撒娇,却能把私情和工作截然分开。

三年前还做模特时,宗形留她在床上待三十分钟,她说要去取服装,不接受。实际时间很充裕,她却说来不及,断然拒绝男人的恳求,不知她是怎么想的。

很多时候使宗形败兴。但又不能凭道理说好说坏,也不能责备她这种一丝不苟的处事精神。

随着千秋的工作逐渐忙碌,这种率直的性格日益剧烈化。

如果宗形说:"今天无论如何都要见到你。"她会用一句话回绝:"不行,现在正在工作!"这种情况反复出现,就会使人感到厌腻。同时又会使男人产生一种信任感:那么洁身自好、忘我工作的女人,即使不在她身边,她也不会乱来吧。

实际上近几年,他和千秋的关系疏远了不少。但是,可以断定她没和别的男人亲热。不是凭道理,而是凭直觉,一接触她的身体,自然就能明白。

也许是贪恋洁癖的缘故,宗形尽管对千秋感到乏味和败兴,心里却依然留恋她。

可能宗形一方面对女人的洁癖感到败兴,一方面又被这种洁癖所吸引,这是一种奇妙的关联。从不同的角度看,缺点像优点,优点又像缺点。宗形看到了问题的两个方面,从而产生了动摇。

他是在动摇中陪伴千秋来印尼的。

"怎么啦？没拖鞋也得净身啊！"

千秋突然回过头来对宗形说。

"对，得跟往常在国内一样。"

看着千秋轻轻地踮着脚尖走路，尽量不让脚接触绒毯，宗形突然觉得很可笑。尽管最近一段时间两人没在一起，千秋的性格好像没有变化。

"爱洁净……"宗形说到半截，又停了下来。这话原先说过好多次了。

"几点了？"

宗形一看腕表，时针指向十一点。

"在日本是凌晨一点。"

"这是在印尼，说这儿的时间。"

千秋得知已十一点，再次踮起脚尖，走向阳台。

"明天一定买双拖鞋。"

"也给我买一双。"

千秋睡袍的下摆随着她的颠步，慢慢地摇曳，从阳台又到床边才停住。

宗形看到千秋的窈窕身姿，开始欲火中烧，但不是多么强烈。

有和她做爱的愿望，又不想勉强她。两人从早晨起床就汽车飞机轮番坐，很疲惫，明天再做也不迟。这种思想令他模棱两可。

"睡觉吧？"

"不洗澡吗？"

"昨晚洗过了。"

"又出汗了啊。"

宗形揉灭香烟，仰卧在床上。

"游泳池的灯还亮着呢。"千秋始终关注着游泳池。

宗形没回答，他想进一步确认自己当下的第一需求是睡觉还是要做爱。

"那我先洗了。"

"哎……"

宗形有口无心地答应着，心中想起与之相似的夜晚以前出现过多次，往往是要败给睡觉。

一个小时后，千秋从浴室走出来，爬到了床上。

宗形一直躺在床上，很困，却睡不着，他已有两个月没碰千秋了。

以前千秋做模特时，就是再忙，一周也要幽会一次。有时饭后浪漫，有时直接去房间同枕共欢。

千秋从事电视工作后，幽会的次数迅速减少了。因为她忙于和工作人员协商与采访，空闲时间寥寥。

虽说整天忙忙碌碌，因为她不是主播，想幽会也能够抽身而退。结果千秋工作热情极为高涨，把精力全部用在了这些方面，这样一来，两人的风流快活之事便黯然褪色了，宗形也由此失去了硬把千秋拽出来的浪漫激情。

尽管如此，两人并非互相生厌而不想幽会了。在肌肤之亲有所减少的情况下，他们通过打电话交谈，或在外面喝咖啡。彼此仍是最亲密的恋人。虽然感受不到会面必做爱的那种紧迫氛围，但心头的愉悦不差毫分。也许应该说两人已在不知不觉中渐渐习惯了这种恋爱方式，做爱已不是第一需求。

然而，在这期间，宗形并没有钟情于千秋一个人，而是在外景地与其他女人发生过一夜情。他自己觉得那不过是逢场作戏，千秋才是最重要的人。

在胡思乱想之时，千秋洗完澡，上床来了。千秋没有什么羞怯的模样，而是无所顾忌地爬到床上。

"没睡啊。"

"刚才很困……"

"可以先睡嘛。"

宗形没答话,而是猛地伸出胳膊,把肌肤柔滑的千秋一下子搂到怀里。

可能是两个月没做爱的缘故,千秋多少有点拘谨。宗形却对这种拘谨有着难得相逢的新鲜感,不停地与她接吻。

宗形紧紧地抱住千秋,一只手慢慢滑向她的细腰,此时他明显感觉到了自己性欲的膨胀。

看着千秋骨头细,身子柔,但拥在怀里,却感觉十分丰满且富有弹性。这种触觉长期以来没有变化。

宗形欲火越烧越旺,却没有马上要求进入。他想多享受一会儿那柔软而富有弹性的触觉。

也许这种享受让千秋想到了别的。当宗形的手指从背部滑到腰部时,千秋嘟囔道:

"没事儿吧?"

宗形以为是说会不会怀孕的事儿,而千秋所担心的是别的事儿。

"好久没做这个啦,把事儿给忘了。"

千秋的声音很响亮,不像她正在接受恋人的体恤和爱抚。

宗形觉得刚刚燃烧起来的激情瞬间减退了。

为何现在问这些呢? 好容易两个人聚在一起,正要进入快乐的山巅时,说出这些令人扫兴的话。

宗形放松胳膊,叹了口气。

"担心什么?"

"你不介意吗?"

宗形仰望着白色的天花板,回想起两人以前就曾这样不明就里地交谈过。

到底因何而为呢? 宗形对千秋常在此时致自己败兴不得其解。当然不是故意而为,抑或只是一种不自觉的行为。

正因为是信口交谈的结果,也许才可以推定是"千秋的立场"。

近年来,宗形对千秋有所疏远,也正是因为她这种冷淡的态度而感到有点烦闷。

"在想什么呢?" 千秋见状不解地问。

宗形好像要借此把问话推挡回去似的,再次把千秋抱到怀里。

如果现在不一下子要她,两人之间也许会出现更大的缝隙。

不能拘泥于一瞬间的败兴,让欲火彻底熄灭了。

宗形停止了先前舒缓的爱抚,性急地要求进入。

千秋对宗形突然的性急和行为的粗野感到困惑。

"怎么了……"

宗形不管不顾地往下进行,脑海里浮现出千秋年轻时做爱的姿态。

初次与她交欢时,她并不成熟,没有什么话语,只是在宗形的怀里微微地颤抖。日后宗形每每想起她的这种姿态,性欲就会有感而发。

当下,千秋让突如其来的激浪打得不知所措,身体不由得顺从起来,想起以前宗形的好,欲火渐渐强烈,经过一番折腾后又慢慢熄灭。起先是被男人强拉硬拽,从中途开始,自己也积极加入,投身于快乐之中。

不知什么缘故,宗形一边全力冲刺,一边想起了岩濑所说的没有阴蒂的女人。

也许那些女人们现在正在这城里的什么地方与男人折腾着。

当疲惫与困倦重新降临到两人身上时,宗形早已忘却了之前的败兴。

心头一时的困惑，与精神的愉悦和身体的满足相比，似乎是微不足道的事情。

宗形觉得睡意很浓，巴望与千秋在床上相拥而眠，直到新一天的到来。

"休息吧！"

宗形用自己也感觉至柔的声音对千秋低声耳语。千秋献媚般地将身体靠了过来。

"很镇静……"

千秋小声自语，心里想：仅凭他这种镇静与温存也没白来。

不必再紧紧搂住她，千秋脸朝下把头放到宗形的胳膊上，一只手搭在他的胸膛上，两只脚轻轻地勾住他的脚。宗形惬意地闭上眼睛。千秋问：

"喂，舒服吗？"

"好久没有这么舒服了。"

千秋的声音依然过于响亮。夜深人静之时，不应该小声耳语吗？宗形轻声提示她。

"一样啊……"

"不应当。"

"睡觉吧……"

宗形翻了个身，背向千秋。

刚才还镇静与温存，现在又情绪低落了。

千秋似乎不理解宗形的情绪为何波动。

"怎么冲那边呢？"

"……"

"喂，回过头来嘛！"

宗形被拽了一下肩头，立刻将姿势恢复到之前的状态。千秋开玩笑说：

"这样多舒畅啊。"

"……"

"到外国旅游嘛，还是挺好的。"

千秋的皮肤不是多么白皙，但什么时候与她拥抱，身上都没有女人特有的那种难闻的气味儿。宗形喜欢肌肤微微贴近的那种淡薄触觉，对皮肤特别光滑而感到乏味。

"明天要早起吧？"

"哎……"

"那睡吧。"

接下来是千秋背对宗形。

宗形看了一眼，没言语，慢慢合上自己的眼睛。

在这光线暗淡的深夜里，雄性荷尔蒙所萌发的激情已迅速消退了，横在自己身旁的只是女人的躯体。

宗形轻轻地干咳了一下。干咳的声音在静谧的房间里显得很响。

宗形开始迷迷糊糊地思考第二天的行程，千秋已经发出了微弱的鼾声。

第二天早晨五点半，叫醒电话唤起了宗形。他扭头一看，千秋还在酣睡。

"喂，喂……"

宗形轻轻地摇晃千秋袒露着的肩头。

"快起来，不起来就晚啦。"

千秋的头慢慢地晃了几下，然后睁着惺忪的眼睛问："几点了？"

"快六点了。"宗形边说边走到壁橱前，从衣架上取下裤子。

千秋从床上爬起来，床架发出嘎吱嘎吱的轻微声响。

"你起得好早啊！"

"不早了！现在不赶紧去，就看不到千佛坛了。"

是千秋先提出来看千佛坛的佛像的。

"六点十分来车。"

"不得了了！得抓紧了。"

千秋嘟囔了一句，接着从床上一跃而起。

"马上作准备。"

千秋是个每天睡醒后情绪很好的人，无论谁早晨唤醒她，从未露出过不高兴的神色。

有的女性以"血压低"为由，抱怨睡醒后情绪不好。千秋却没有这样的矫揉造作。宗形对她醒后神清气爽的状态大为赞赏，这种醒后的神清气爽也许与头天晚上做爱的快活相关联。

宗形猛然想起昨晚败兴的那一刻，但很快就被当日早晨的慌张淹没了。

两个人急急忙忙备好行装，六点零五分离开了房间。

"好容易住个这么好的房间，这么早就离开，有点太可惜了。"

千秋朝房间里环视了一周，确认没有落下东西。

"哎呀，把那张美术明信片拿走吧。"

桌子上的旅行指南里夹着美术明信片。

"火柴也可以拿走吧。"

平时两人装出一副大人的模样，这种时候却完全是孩子。

两人乘电梯下到大厅，见穿着白衬衫的当地人正在打扫绒毯。他们面无表情地慢慢重复着同一种动作。

一旁的账房里有个高个子男人在结账，结完用日语连声说："谢谢！"

预约的出租车在旅馆门前等着，天空已呈现鱼肚白色，四周寂静无声，紧挨树丛的九重葛显得有点褪色。这个上等城市的中心区域仍在睡梦之中。但是去市场或公共汽车站一看，却已是人山人海。因为这儿地处热带，当地的人们在天蒙蒙亮之时就开始活动。

"那些人是做什么工作的呢？"

千秋注视着聚集在道路两旁的人群，小声嘟囔道。

"也许是在购物或乘车。"

东方的天空刚刚破晓，但温度已经达到二十五六度。宗形穿着白色的半袖衬衫和藏青色的长裤。千秋则穿着淡粉色的 T 恤衫和白色的西装裤。

可能是路上车少，车子三十多分钟就赶到了机场。两人刚把行李交付柜台，办完登机手续，就听广播说航班晚点一小时。

“太差劲了。起得那么早……”

千秋不高兴地噘起了嘴巴。乘坐该航班的一些客人轻轻地摇头叹息。

“这儿是雅加达。”

宗形安慰道。千秋双臂交叉，怒视着电子公告牌。

“没辙啊。”

千秋又嘟囔了一句，拿出香烟吸起来。她用左手食指和中指夹住香烟，按在嘴唇正中，一口接一口地用力吸。这种吸法表现出千秋鲜明的个性。

“喂，那儿好像供给咖啡啊。”

千秋用不拿香烟的右手指着右边聚集的人群说。

“我去看一下。”

以前两人一起去欧洲时，千秋只是如影随形地跟着宗形，从来不主动做这做那。从游览到用餐，甚至连旅馆内购物都嫌一个人孤单。而现在看到人多，就想探个究竟。这种积极性是近一年间自然形成的。

不一会儿，千秋端来了用纸杯盛着的两杯咖啡。

"飞机晚点了，航空公司免费提供咖啡。正合适。"

千秋把其中一杯递给宗形，然后坐下来。

"我刚想排队领取，那个男的先把手上的递给我了。"

千秋用手指了指左前方那个留着胡子的白种人。宗形一边注视着那个人特别凸出的肚子，一边喝咖啡。

"他在说英语，可能是美国人吧。"

"也许是澳大利亚人。两地都离这儿比较近啊。"

"今天到巴厘岛几点？"

"大概五点吧。"

"我想往东京打个电话……"

"因为工作吗？"

千秋没答话，垂目喝咖啡。宗形似乎觉得窥视到了千秋不为人知的一面。他把空杯子放到了旁边的椅子上。

"再要一杯好吗？"

"不，不要了。"

留胡子的那个白人正注视着这边。也许他觉得很失望：好容易给她斟的咖啡，她却给了别的男人！宗形觉得有点愧对他，千秋觉得无所谓。

突然大厅里响起了广播，因有噪音，听不清楚。

"好像要出发了。"

确实，附近的人都站了起来，朝几个登机口涌动。

"刚才那个男人也去那儿，没错的。"

"你问过他吗？"

"没有。他问我去哪儿，我说去千佛坛，他点了点头。"

那个男人排队的 2 号登机口，也显示飞往日惹看千佛坛的航班在此登机。

"这次旅行后回到日本，我要好好地学英语啊。"

"以后常去外国吗？"

"如果有可能的话，我想在纽约住一年啊。"

门开了，乘客们朝舷梯走去。那个留胡子的男人看到千秋，微笑着点了点头。千秋则向他轻轻地挥挥手，以示回应。

"外国人不认生啊。"千秋轻声说。

宗形一边点头，一边想象千秋与他的过往，不觉心头泛起一丝醋意。

五

飞机晚点一小时后,终于起飞了。这是一架中型客机,一排六个座,正中间是通道。千秋坐在舷窗边,宗形相邻坐,一个看样子像爪哇人的年纪较大的男性坐在通道一侧。

飞机在攀升,并向左转向。眼底是雅加达繁华的街市。

不过,高层建筑仅占市中心的极少一部分,大部分是多层楼房和低矮的平房,高低建筑很快消逝在窗外,替换它们的是红绿相间的田园风景。千秋额头紧贴窗框俯视着窗外,宗形也将身体靠过去看。邻座的老男人和他们搭话了。

"是日本人吗?"

男人突然这样问。宗形有点不知所措,但问者满面笑容。

"是的。"

"要去哪儿?"

"去日惹看千佛坛。"

"那儿很棒。"

问者具有印尼人特有的黝黑肤色,头发稀疏,看样子有五十五六岁。天气这么热,他还穿着白色套装,也许是在商社或政府部门工作的人。

"我去过日本的东京、京都、神户……"

"什么时候?"

"五年前。日本人口众多啊。"

男人以蹩脚的日语回答,不易听懂,但看来他对日本有亲近感。

"从哪儿来的?"

"东京。"

男人点点头,略显得意地问宗形:

"知道今村吗?"

"今村?"

"陆军中将。"

宗形突然想起了过去日本在太平洋战争中,占领了东南亚一带,担任爪哇地区总司令的是陆军中将今村均。

"你知道今村中将吗?"

"略知一二。"

宗形以为他是想指责战争期间日军的残暴,结果大相径庭,不是那回事。

"将军是个好人，很了不起！"

没听说日军在爪哇有什么残酷暴行。按年龄推算，这个人当时还是个孩子，也许他只是见到过日本军人。太平洋战争致使印度尼西亚从荷兰统治下独立出来，也许他在这一点上对日本抱有好感。

"谢谢夸赞！"

虽然与自己没有直接关系，但宗形还是道了谢。男人微眯起一只眼睛，点了点头。千秋听完两个人的简短对话，把头靠了过来。

"今村中将是干什么的？"

"太平洋战争时期的一个日军司令官，当时驻雅加达。"

"他知道那个司令官？"

"大概小时候看到过。"

宗形斜乜了一下邻座的男人，他正在读报纸，可能听不懂他和千秋的日语会话。宗形从前席靠背上的口袋里取出航行地图。

"当时日本全面占领了这一带。"

宗形用手指着地图上的菲律宾和马来西亚，再指到苏门答腊和爪哇。

"最有进展的时候,到了巴布亚新几内亚。"

宗形从孩童时代起就喜欢研究战争史,读过很多相关书籍。

"在当时的新加坡,山下大将曾因战争优势迫使英军司令官表态:是战,还是和?据说这时盟军要求停战。假如当时接受讲和,现在这一带也许是日本的领土。"

"真想不到……"

"当时从千岛和库页岛都曾被日本占领过。"

因为千秋什么也不了解,宗形俨然把自己当作当事者一样炫耀。

"宗旨是想解放这一带的欧美殖民地,确立新的独立的东洋和平。这种思想本身没错,但是谋求太高了,日本想要当盟主……"

"……"

"不过,恰恰因为太平洋战争,菲律宾和印尼提前实现独立了。"

千秋默默地把视线移向舷窗。从热心程度讲,千秋好像对战争不太感兴趣。确实,太平洋战争对一个二十八岁的年轻女人来说,无疑是过于遥远的故事。

"说起这样的事儿,好像很无聊吧。"宗形面部转向邻座的男人。

好像和千秋说这些话，不如和这个男人交谈舒心。

再有三十分钟就到日惹了。为了作好防暑准备，宗形把座席向后放倒，想在剩下的这段时间里小睡一会儿。

九点三十分，飞机降落在日惹机场。因为航班晚点，时间已不富余。宗形从机场拦了辆出租车，直奔千佛坛遗迹。

日惹被称为爪哇的京都，整个城市有种沉稳的气氛，但地方小，人口少，车子很快出了城，四周呈现出悠然自得的田园风景。

上午十点，车外气温好像已经超过了三十度。一条弯曲的小河在静静地流淌，间或浸出的一些沼泽地，牛伏卧在里面。在炎炎的暑气之中，好像天地间的人、水、牛等一切都静止不动。只有沿着国道行驶的汽车，一辆接一辆喧嚣地驶过，车的种类繁杂，熟悉的车型也多，如丰田、日产等。

车子从宗形认为模样相同的一个又一个村子旁驶过，十点半到了千佛坛遗迹。

遗迹的入口处禁止机动车驶入，下面的一公里路需要换乘马车。为宗形和千秋所坐马车而驾辕的马，身体很瘦，给人以靠不住的感觉，马车走在干燥的石子路上，发出吱吱嘎嘎的声响。

仅走了十多分钟，马车就停了下来，说是到地方了。只见左边平缓的坡道上方有个小小的山冈，周围和前面所见的田园风光没有什么两样。只有几辆观光马车和几个卖土特产的少男少女成为这是旅游景点的标志。

"这就是千佛坛吗？"

千秋感到有些沮丧。这样的景观作为世界著名文化遗迹，真有点名不副实了。

或许，佛像原本应该以自然的姿态屹立于这种自然界之圣地。

气温已超过三十度。两人擦着额头上的汗，吃力地沿坡道前行。坡道尽头的右边隐约能看到石佛。

从远处看，好像是山冈之上重叠着一个黑色的小山，实际那是刻在石头上的佛像。安放佛像的佛坛高四十二米。一百一十一点五米见方的平台共有六层，再往上是两层圆形平台，圆平台上排列着钟形的卒塔婆。下部的方形平台安放着姿态各异的佛像。平台墙面上镌刻着佛陀一生的故事或各种神话的传说。

用印尼语说，千佛坛是"山冈上的大伽蓝"的意思，说得对，确实是大伽蓝。

"厉害啊!"

千秋热得有点吃不消了。两人走到近处,才看到佛坛规模之宏大,因而产生感慨。千秋仰望着佛像,半天没动。

"上去看看好吗?"

石头台阶一直延伸到佛坛顶上,台阶旁常坐着一些当地人纳凉。因石拱门下的石阶遮挡着阳光,石头在阴处变凉,人们故而乐此不疲。

两人躲闪着当地人的身躯攀登石阶。

"这儿是在八世纪中期、一个叫'夏伦德拉'的王朝时代作为大佛舍利塔建造的。可是如何建造的,现在仍然是个谜。"

千秋一边读着旅游指南,一边说。

"后来随着佛教的衰落,四处荒芜了,进入十九世纪以后,这儿又好像从火山灰中发现一样一举成名了。"

"维修佛像,可能日本也出钱了吧。"

出来旅行前,宗形隐约记得从报纸上看到过这样的消息。

"最近刚刚维修完,据说每年维修一次,世界各地的佛教徒都聚集在这里,举行盛大的庙会。"

千秋在拾级过程中累得气喘吁吁,开始默不作声了。

"休息一下吧。"

两人上到第五层平台时,宗形建议说。因为平台是在小山上的断层上建的,离地面相当高。站在平台上放眼望去,广阔的平原尽收眼底。

"是从对面方向来的吗?"

靠在栏杆上俯视,一条道路贯穿于无植被的红黏土地和覆满绿色植物的农田并一直向前延伸。

"大概只有这一条路吧。"

"这里的气温有三十五六度啊。"

太阳被薄薄的云层遮挡着,地面的热气直往上冒,远处的景物因为暑气蒸腾而显得得模糊不清,朦朦胧胧。

"喂,照张相好吗?"

千秋从包里拿出小型相机。

"换着位置照比较好吧?"

开始以平原为背景,接着又背对佛像。

"两个人一起照合影吧。"

"可是……"

"请那边的人给照一下。"

左侧有两个很像日本人的年轻人。从机场打出租车时,以为没有很多人来这样的地方参观,结果参观者多得出乎他们的预料。千秋走到两个年轻人面前相邀,一个学生模样的男性很快跟着过来了。

"劳驾一下拍个合影,按一下那个快门按钮就行。"

千秋告诉怎么取景后,快步走到宗形身边。

宗形被相机后面的男人注视着,有点思虑他会怎么看待两人的关系。是把他们视为夫妻呢,还是视为纯粹的情人旅行?

然而,那个戴眼镜的学生拍完照后,冲千秋问道:

"您是不是经常上晚上十点的节目啊?"

千秋先是绷起脸,接着慢慢笑了。

"你看到过吗?"

"看到过。我父母经常看。"

"谢谢!没想到会在这样的地方遇到日本人。"

"我们是您的粉丝。"

青年说完,随即从挎包里取出一本《旅游指南》。

"不好意思,请给签个名吧?"

"往这本书上?……"

"是的。请在这封面上签！"

"没辙了……"

千秋瞅了宗形一眼，马上拿起笔，用习惯的动作写上名字。

"想起来啦，您是叫多田千秋吧？"

青年们郑重地把书放进挎包，再次向千秋点头行礼。

"再请您和我们照张相作纪念吧！"

"跟我合影？"

千秋瞬间显露出十分意外的表情，但眼睛一直在笑。

"请您站在这个佛像前！"

学生用手指了指侧后方，随即唤来同伴将同伴的相机递给宗形，并肩走向千秋。

宗形点点头，接过相机。

"我开始给你们照，请站好！"

"真是不好意思。"

两个年轻人说话客气，举止斯文，分列于千秋身体两侧，露出欢颜。

"照了！"

宗形从相机取景框里看到戴眼镜的学生打出了 V 字手势。

快门响了一下。

"不好意思,请再给来一张!"

宗形再次端起相机,这次千秋也露出欢颜。

"谢谢!留作纪念。"

学生向宗形和千秋分别致谢后,进而要求握手。

"你们接下来要去哪儿?"

"我们刚从巴厘岛回来,下步去雅加达。"

"路线跟我们正相反啊。"

"很遗憾!"

学生们恋恋不舍地望着千秋,并再次与她握手、祝福。

"您加油吧!我们给您助威。"

"谢谢!"

千秋走到石阶头上,向他们挥手致意。

"在这样的地方还能碰到认识我的人,很惊喜啊。"

"你不挺有名吗?"

"多多少少啊。"

"还给别人签名呢。"

"那倒不擅长,是非签不可才签的。"

"下次我也让你给签。"

"别开玩笑了！……"

千秋做出要打宗形胳膊的假动作,脸上却很开心。

"这两个青年给人的印象不错啊。"

"是的……"

"我想他们会给寄照片来。"

千秋的脸上犹如南国的天空一般清澈而明朗。

遮挡着太阳的薄云早已不知踪影,阳光照射下来,周围一片大明。举头望去,好像佛的表情又增添了和蔼。这南国的佛相与明亮的太阳和酷热的原野确实很协调。

"走吧!"

宗形觉得有点累。

"那就按原路往回返吧。"

没来之前,听说能看到世界上屈指可数的历史遗迹,两人兴致极为高涨。而今饱览无余,只觉得是在单调的乡下石像间兜风,有点无聊。

"飞机起飞还早,找个地方吃饭吧!"

一大早离开旅馆，还没顾上吃饭。也可能是天热的原因，宗形没有食欲。

两人沿着登上来的石阶往下走，还需绕过山冈再下坡道。时值正晌午，烈日当空，远远望去，看不到来时聚集在入口处卖土特产的孩子们的身影。

然而，走下山冈一看，孩子们都在树荫下躲藏着，见有来客，又一个接一个地围拢过来。宗形和千秋避开那些兜售货物的手臂，赶紧坐到马车上。刚一坐定，驭手立刻扬鞭。刚能拉动车子的瘠瘦辕马迅即小跑起来，吓得路旁的鸡群乱飞乱跑。

可能是驭手照顾两人，马车沿着一条与来时不同的树荫稍多的小路往回跑，顷刻来到了等候的出租车前。

司机打开车门，关切地问道：

"遗迹怎么样？"

"很好！"

宗形尔后反复地说着"好、好、好"，并点点头。

随着访问遗迹的日本观光客增多，司机也学会了片言只语的日本话。

"很好！"

宗形装作要擦额头上的汗。司机点点头，启动了发动机。

之前车子停在树荫下，关闭了冷气设备，现在车内非常闷热。

"这样的地方还有人干活啊。"

笔直地向前延伸的道路远方，蹲着一个农民模样的人。可能是在拔草，其白色的衬衫点缀在一片苍翠之中，看着像个牌位。这是在炎炎烈日之下，唯一活动着的人影。

"在这样的地方生活可以吧？"

千秋问。宗形慢慢地摇摇头。

"我怎么也不能住在这样的地方。"

"你不能住？"

"你也不能住。偶尔从繁忙的地方来玩玩可以，要是每天生活在这儿，人会发疯的。"

"也许能够出乎预料地适应。"

"想当然……"宗形说了半截，不往下说了。女人对环境的适应力比男人强，也许千秋特别强。

"你也许没问题。"

宗形略带挖苦地说千秋。千秋倒没介意。

"无论在哪儿，咱们都要在一起啊。"

道路向右拐了个大弯，茂密的椰子林迎面扑来，又迅速离去。田野的尽头绵延着低矮的山脉，天空开始聚集乌云。有下雨的迹象。

下雨就好了，气温可降下来。宗形开始发困，他把背部紧靠在座位上，闭上眼睛。千秋未瞧见，继续问宗形：

"今天是星期二吧？"

"咱们是星期一出来的，今天是星期二。"

"才过了一天，却觉得从日本出来好长时间了。"

"因为到处跑啊。"

"快到电视台开会的时间了。"

千秋突然想起了工作上的事儿。

"要是他们知道我在悠闲自在地旅游，会训斥我的。"

"你不是正式地请过假吗？"

千秋正月里没休假，这次是补假。她一周上一次电视，前天刚刚上过，再上是回到东京的第二天晚上，其间甚至无需请假。

"我倒没什么，只觉得对不起其他工作人员……"

千秋第一次这么介意工作的事儿。在这之前，千秋只要能休息，不管多长时间都会休息。

"其实，我是想放弃这次旅行的。又觉得是你好不容易计划的，怕对不住你……"

"这是我不好。"

宗形诙谐地说。千秋却用严肃的口吻说：

"说实话，好不容易找到这份工作。要是想休息就休息，因此被解雇了，那可不得了。"

"你的名声不错嘛。"

"但节目收视率已经下降了，很快会这样。"

千秋并拢手指挥向脖子，做了个"砍"的动作。

"这档节目不至于那么差吧？"

"也不好啊。"

"收视率还有上升的可能性。"

"你是觉得事不关己，以此开玩笑吧？"

"不是。我是说最好顺其自然，随意一些。"

"我做事可不像你那么不认真。"

"我不认真吗？"

"好吧。我们都努力吧！"

宗形想提出在外旅游，别说工作的事儿。又怕一提这茬，千秋更无理纠缠人。

"先给肚子加点油吧！"

车子开进了一个小镇，但没能找见干净的西餐馆。

"直接去日惹吧！"

宗形觉得尽管肚子有点饿，但进了西餐馆，千秋还会说起乏味的工作的事儿。

从日惹开往巴厘岛的飞机按时起飞了。太阳已经偏西，南国的沃野仍然一片大明。

"累了吗？"

"嗯。"

千秋答应着摸了一下自己未施粉黛的脸蛋。她本来就是个不爱化浓妆的女人。平日里喜好用粉扑儿轻轻地扑粉，淡淡地涂口红，头发从中央分开，任由其自然垂下来。可能对皮肤很自信吧，她一直崇尚淡妆。其实她的皮肤细腻、光滑，但绷得较紧，且有点黑。或许肤色越黑，越能保持皮肤的滑腻与弹性。

"还得一个小时才能到，这空当休息一下为好。"

飞机飞到了大海上空，黄昏的大海波光粼粼，令人目眩。

宗形拉下窗户的遮光板，背靠座位，闭上眼睛。

不消两分钟，他就睡着了。千秋也不知不觉睡去了。以前乘机她不怎么容易入睡，今日可能是累了，抑或是胆子有点大了。

不久，机舱内响起广播：飞机飞临巴厘岛，进入降落状态。

"这就到了吗？"

变大的引擎轰鸣声把千秋吵醒了。千秋重新系了一下安全带，把椅背调回原处。

五点十分，飞机准时降落到巴厘岛的登巴萨机场。这次航班起飞和降落都准时，宗形犹如占了便宜一般。

登巴萨机场是印度尼西亚最大的旅游胜地窗口，建得很别致，像层级一样重叠的小屋突向停机坪。

宗形和千秋并肩走向机场出口，一个身材短小的日本女性快步来到两人面前。

"您是宗形先生吧！我叫广田美树。"

宗形通过旅游代理店一个叫木崎的朋友聘请了巴厘岛导游。他起先以为巴厘岛只是个小岛，用不到导游。木崎说还是有比较好，便给介绍了一个。

"你们辛苦了！下面由我来带路。请多关照！"

这个叫广田美树的女导游,很爽快地跟两人搭话。

登岛之前,两人曾担心彼此的关系被导游刨根问底,而有所顾忌,但是这个女性很爽朗,很开明,无需担忧。宗形决定以其名字相称呼,叫她"美树女士"。

"请在这儿稍等!我马上让车开过来。"

美树绕过出租车站,朝停车场方向跑去。

这儿与雅加达一样,若干当地人很无聊地聚集在候机大楼前。

但与雅加达相比,好像人文静些,穿的衣服好看些。

美树很快将乘坐十人的旅行轿车带了过来,车身上有当地旅游代理店的标志。从美树的名片上看,她是这家代理店的店员。

"这车也许坐着不舒服,请忍耐一下!"

宗形和千秋并排坐到车中间的位置上,美树坐到了他们的前排。

"咱们是否先去旅馆?您两位是到旅馆用餐吗?"

美树问道。宗形看了一下千秋。

"去哪儿?"

"我哪儿都无所谓……"

"要是外面好,就去外面,去有西餐也有日餐的地方。"

离开日本才两天，宗形就留恋日餐那清淡的味道。

"先去办住房登记，再去吃日餐好吗？"

车子沿着伸出的半岛顶端一直朝北开。透过西面的车窗可看到大海，火烧云把整个天空烧得通红。

"木崎君向您问好！"

"是吗。他不会来吧？"

"他觉得巴厘岛挺好，想在这边找工作。"

木崎在四年前因拍摄电视外景来过巴厘岛，他好像很喜欢这里。

"他还说退休后，定居在巴厘岛。"

"木崎先生有多大年纪？"

"不是很大，还不到五十岁。"

车子很快驶离滨海公路，进入乡间小道。道路旁椰子树繁茂成林，貌似爪哇。朝向道路散布的住户，家家都有石砌的门，上面装饰着表情可怕的神像。

"那是驱逐恶鬼的守护神。猛一看，只能看到一个脸，但仔细看，冲着四个方向有四个脸和很多只手，而且有两只脚。"

听说如此神奇，宗形和千秋扒着车窗向外看。

"过去，巴厘岛上没有人烟，是块平坦的不毛之地。爪哇岛被当地土著控制后，愤怒的印度教徒们移居到这个岛子上，开垦了这块处女地。因此在印度尼西亚，只有巴厘岛是印度教。这里的人性格也比较温和。"

尽管美树长年居于印尼，但日语讲得既清楚，又易懂。

"移居来的教徒们在岛上东西南北各处，占领自己的地盘。其中的阿滚山是活火山，被他们尊为巴厘岛的灵峰。从这个位置看不到，在那边。"

美树女士所指的方向，尽是连亘不断的巍峨群山。

"您两位这次不去高原吗？阿贡山。"

一般提起巴厘岛，都是"南太平洋中的蓝色海岛"的印象。说是还有高原，让人觉得不可思议。

"当然，巴厘岛风光旖旎，海美山更美。尤其这正北方有座山，当着日本朋友的面，有点不好意思说名字①，山的名字是京打玛尼②。"

"京打玛尼？……"

千秋紧跟着重复道，接着讪讪笑了。

---

①因该山的发音与日语"睾丸"的发音接近。
②山名，位于印尼巴厘岛中部山区。

"那里是高原，气候也凉爽，从展望台可以眺望亚邦山、阿贡山等海拔两三千米高的大山。前往途中还有湖，湖面被薄薄的雾霭笼罩着，显得很神秘。"

美树的语调不自觉地变成了导游调。

"那儿有旅馆吗？"

"有，还有别墅。如果时间宽裕，去一天看看怎么样？"

听说山高湖美，千秋好像产生了兴趣。

"到那儿需要多长时间？"

"离登巴萨七十公里左右，有两个小时足够。你们还在这儿待几天？"

"打算待五天。"

"那就去看看嘛！"

他们原先打算到了巴厘岛，看看蓝色的大海潮，听听滚滚的波浪声，吹吹南国的湿润风，赏赏热带的风土情，悠闲自在地度过每一天。其他无论多么有趣的东西，都不去关注它。这对于每天生活在匆匆忙忙之中的人来说，是最大的奢侈与享受。

"你们要是去，提前预订别墅比较好。"

"再考虑一下。"

宗形对高原风光也感兴趣，但不愿意改变原先的计划。

"巴厘岛虽是个小岛，但富有情趣和变化，可看的地方很多。"

美树年龄约有三十五六岁。年轻时与印尼的留学生结了婚，婚后始终居住在巴厘岛。从言谈话语中能感受到她很喜欢巴厘岛。

"在这儿住了几年了？"

"现在是第十一个年头。"

"不回日本吗？"

"有时回去，妈妈还健在。日本的变化太大，我是乡下人，怎么也赶不上步子。"

"一直在这儿待下去吗？"

"这儿有我的孩子，我想我会在这儿待一辈子。"

美树的话语瞬间变得很低沉，但表情仍生气勃勃。

"咱们已经到了登巴萨的中心。"

听美树这样说，两人便环视四周，见道路两旁大楼鳞次栉比，交叉路口还耸立着已经熟悉的四面守护神像。

"从这儿向右沿着沙努尔大街直走，就到旅馆。"

太阳已经西斜，寺院的墙壁被夕阳照射得通红。

"所谓登巴萨是'市场之北'的意思，这里有很多市场。早晨七点左右出来，就能看到很多人在购物。"

"这儿有爪哇花布吗？"

"有啊。要是想看，明天就带你们直接去生产的地方。"

千秋像个小女孩儿似的目光炯炯。

"另外竹器和用麦秆制成的民间工艺品、骨器等也蛮有趣味的。"

"这些东西都在岛上生产吗？"

"现在面向游客，岛上在生产，别处也生产。巴厘岛的北部土地肥沃，生产咖啡和椰仁干，中部生产双季稻。"

"岛上一共有多少人口？"

"大约三百万。这里属于印度尼西亚生活水平较高的地区。"

车子沿着沙努尔大街直行，穿过一片椰林后，到达了旅馆。

"下步要去用餐吧？"

"是啊，还需要换一下衣服。"

"请进去慢慢换吧！我在下面的大厅里等着。"

美树主动留守和等候，宗形和千秋由男服务员带着乘上电梯。

房间在九楼，打开房门，拉开花边帘幕，透过通往阳台的玻璃门，能看到浩瀚的大海。床是舒适的双人床，旁边放着成套家具，比日本同规格旅馆的标准要高得多。

千秋不待男服务员离去，就拉开玻璃门，走到阳台上。

"喂，你看看……"

宗形被千秋叫到阳台上，瞧见楼下不远处设有蓝色的游泳池，周围环绕着绿色的椰子树，再往前就是白色的沙滩和一望无际的大海。

"那边是西吧？"

千秋手指左边夕阳余晖照耀的海面，海水泛着闪闪的亮光。

"这边是东南。"

海风夹杂着微微的潮气，轻轻抚弄着千秋柔软的头发。

"喂，怎么只有那块儿地方泛白浪呢？"

"可能是有珊瑚礁吧。"

辽阔的海面上涌动出一条白色的带状波涛。

"珊瑚礁上密布珊瑚吗？"

"就是一块浅滩。"

"潇洒啊。"

"潇洒？"

宗形觉得很纳闷，让她再说一遍。

"潇洒。"

千秋顺从地重复说，遂后又轻声道。

"真的来到巴厘岛了。"

千秋好像对南太平洋的浩瀚无垠和碧波滚滚情有独钟。

"我原先就向往这种地方。在这儿悠闲自在地度过一生，是我一直的梦想。"

"这可不是梦想啊。"

千秋不置可否，又面向大海自言自语。

"真是不错啊，人间天堂啊。"

"一直在这儿待着好吗？"宗形问千秋。

"不可能……"

"只要两个人的钱花不完。"

"那样吗？不行的。"

千秋微微笑了笑，离开阳台，回到房间内。

"这儿真好，暂时住这儿别动。"

"不动。两人一直这样待着。"

千秋从旅行箱里取出自己的衣服，挂到衣架上。

"两人一直待在这样的地方，会忘记工作的。"

"你是不会忘记的。"

"暂时用不着想,我也不去想啊。"

宗形走到千秋的身后,把手搭在她肩上。

"那就忘记一会儿吧!"

宗形说着说着,猛地伸出手,把千秋拥到怀里,伸出嘴巴。

千秋正手拿罩衫,她只好把罩衫扔在地板上,接受宗形的亲吻。

宗形一边送吻,一边感受着海风的吹拂和海潮的轰响。此时此刻,与其说他是在拥抱着一个女人婀娜的躯体,莫如说他是在沐浴南太平洋的夕照,享受旅游胜地的浪漫。

他感觉自己是电影中激情接吻的主人公。然而,千秋很快将双唇移开了。

"喂……"

千秋人在向后退,两手却轻轻按在宗形胸脯上,不无遗憾地说:

"那个人在下面等着呢。"

宗形不再勉强。眼下的确不是时候。从今天起,不管她愿不愿意,四天都要同床共枕。

可是,千秋先将嘴唇挪离,宗形有点介意。要是以前,千秋在这样浪漫的时刻不会考虑别人如何。现在则是自己沉溺于其中,比她还留恋。

"喂,赶紧吧!"

千秋对着镜子擦擦嘴,似乎要抹去接吻的痕迹一般。

"那女人可能时不时地回日本吧?"

"可能。但没能看到你上电视。"

"不是这个意思。"

千秋"啪嗒"一声关上旅行箱,用手往上拢了拢头发。

六

南国的夜是深暗的。对暗用"深"来形容,也许有点荒谬,但无论是在雅加达,还是在巴厘岛,只要夜幕降临,穿过有灯光的地方,很快就会陷入很深的黑暗之中。

宗形起先以为这是南国天空的特征。觉得空气清新,没有污染,夜就越发黑暗。后来宗形从旅馆走上夜路,越走越觉得不只是空气好那么简单。

假如晴朗的天空会带来很深的黑暗，那么无论是东京，还是纽约，有时就能呈现出很深的黑暗。

然而在东京一直感觉不到很深的黑暗，这说明并非大气的缘故，无论朝东京哪个方向走，都是由闹市区的灯火辉煌、亮如白昼到郊区的灯光暗淡、景物模糊，再到乡下的灯火分散、星星点点，无数的灯光照耀和映衬着夜空，从而使夜暗变得浅淡。可以说，夜暗深不深，主要取决于人口的密与稀。

导游美树女士把两人带到了一家日餐馆。这家店居于很深的黑暗之中。

汽车从沙努尔的旅馆街开出没几分钟，就陷入了一片漆黑，日餐馆是一座孤零零的建筑。里面有西式的桌子和日本式的雅座，其中间是游廊，连着附属的院落。

三个人在日本式的雅座上坐下来，一股和煦的夜风从他们身上吹过。

"这里是海岛，海产品很丰富。先吃寿司好吗？"

听从美树的建议，要了寿司、煮菜和据说是特产的虾拌小菜。

说实话，除了天麸罗以外，其他东西不能说好吃。煮菜味道太甜，寿司新鲜程度倒可以，味道与地道的日本货有所不同。

因为宗形出生于日本北方,对南方产的鱼不感兴趣。感觉暖海产的鱼影响健康,味道过于浓厚。他吃惯了淡的寿司,认为南国的大鱼块会增加胃的负担。

"味道怎么样?"

"才三千卢比,很便宜啊。"

味道不好夸奖,只好夸价格。

"日餐还是很贵的,我们很少来这里。"

美树可能是出于客气,只吃着幕内套餐①。

"可是你在这儿待的时间长了,有没有日餐不介意吧?"

"哪里。我非常喜欢日餐,在家经常做。这儿米、酱油、豆酱都不缺,购买很方便。"

确实,桌子上放着酱油、七香粉等。

"别处也有日餐店吗?"

"登巴萨的旅馆里都有,但这家好像最受欢迎。"

"这家店是什么时候开的?"

"大概在七八年前。好像老板以前在关西一个叫'山本'的名

---

① 一种套餐,有寿司、蔬菜等。

菜馆里工作过。"

宗形略微点了点头,对美树的说法不置可否:这儿的老板也许有一定的厨艺,但现在吃的东西与关西饭馆的味道相距甚远。整体上味道过浓,太甜。千秋欲动筷子又作罢的豆腐渣也用油太多。

"也许在当地干时间长了,菜会纳进当地的口味。"

"不可口吗?"

"行,挺好吃……"

不能辜负美树特意带他们来这儿的好意。

"要点儿茶泡饭吧,你要吗?"

宗形问千秋,千秋点了点头。

"无论在巴黎,还是在纽约,日餐店开久了,菜品就会符合当地人的口味。游客固然重要,但每天来店就餐的,大部分是当地人。照顾多数人理所当然。"

"可能巴黎或纽约的日本人多,没大有变化吧?"

"肯定会变化,所以才觉得遗憾。说是要维护传统的日本口味,但不知不觉就背离了传统。"

"在外国难以维护和注意。"

"不过，这种情况不仅限于日餐，中餐也是一样。在日本做的和在发源地中国做的，会大为不同。中国人要是吃日本的中餐，一定会抱怨：味道怎么这样！相反吃惯了日本的中餐再去中国品尝，也会觉得味道大不一样。所以，无论是法国菜，还是东南亚菜，我们在日本所吃到的，都与发源地的有所不同。"

年轻的女侍者端来刚才订的茶泡饭。这个女孩儿应当是巴厘岛当地人，她穿着碎白点花纹的衣服，系着红腰带，乍一看像日本人。宗形正看得入迷，女孩儿留下亲切的微笑姗姗离去了。

"明天怎么安排？"美树问道。

"今天活动得有点过头。明天休息一下，待在旅馆里看看海。"宗形回答。

"如果要买爪哇印花布或其他特产，请不要着急！日后会带你们去便宜而可靠的地方买。"

"最好在买之前看一下。"千秋说。

"明天要有什么事儿，请按我名片上的地址打电话！我基本上都在。"

宗形点点头，把最后的一杯酒喝光了。酒有点像日本的品牌，但掺着醋，有点臭烘烘的味道。也许因为处在热带，多加了防腐剂。

"感觉热吗？"

美树瞅着窗户问千秋。

从游廊到窗户全都洞开着，但没有开冷气的那种凉爽。

"这儿离海近，感觉有点潮。"

确实，空气似乎发黏，也许是天气原因使日餐变得乏味了。

"待在这儿用餐，忘记了自己身处巴厘岛。"

茶泡饭是在米饭上加了点紫菜和日本市场上那种茶泡精样的东西，但可以吃得放心。

"请给我来杯茶！"

千秋对着来撤器皿的女孩儿说，女孩点了点头。

"她们懂日语吗？"千秋转脸问美树。

"来这儿的客人几乎都是日本人，如果是简单的会话，能懂。"

饭后，侍者端来了盛着大量番木瓜和芒果的水果盘。确实是在南国，水果很丰富。

宗形边吸烟边喝茶，一支烟燃尽后，他站了起来。

他们漫步走出日餐店，很深的夜暗很快笼罩过来。但仍能清楚地分辨出哪是道路，哪是参天椰林。前面不远处不时传来海涛拍岸的声响。

海离得很近。

他们乘上停在一旁的旅行车,回到旅馆。在旅馆门前,美树向两个人道别。

"再见了!"

"祝晚上愉快!"

这种说法会让人介意,但美树说得很自然。

只剩下两个人,宗形昂头看了一下旅馆的九楼,转过脸来问千秋:

"在海边散散步好吗?"

"看我这身打扮啊。"

千秋穿着胸口到下摆用花梗相连的连衣裙,系着白腰带。

"没关系嘛。"

"再说这双鞋穿着别扭,就去看看游泳池吧。"

旅馆的大厅里聚满了来往的客人。不愧为旅游胜地的旅馆,还有穿着短裤或泳装的女性。

大厅左侧放着一棵大型盆栽赏叶植物,打开旁边的门,就是游泳池所在的院子。

时间过了晚上八点，已没有人游泳。游泳池的中央有个水中酒吧，四五个身着泳装的男女正坐在椅子上喝酒。

"喂，正中间的那个人怎么了？"

正中间有个调酒员，穿着白衬衣和长裤，端坐在极矮极小的圆形吧台前，吧台铺有地板，周围全被水环绕着，水面与游泳池水面毗连，可由游泳池潜泳至此。多人身着泳装，只他一个人着正装，看着有点奇怪。

"可能他是带着衣服，在里面换上的吧。"

"可能……"

如此说来，倒是件很简单的事儿，千秋露出一丝苦笑。

"边游泳边喝酒，可能易喝醉吧？"

"大概自己把握着喝酒的分寸吧。"

围绕着酒吧的人们与其说是游泳，莫如说是在享受被水环绕着的酒吧里的凉爽。

宗形和千秋围绕着游泳池缓慢地转了一圈，看到回廊旁边有小卖店，便走了过去，在卖爪哇印花布的店前停住脚步。

"这个挺漂亮啊！"

千秋手指着浅驼色叠印着向日葵花的罩衣说。

"花色不有点儿过浓吗？"

"都很花哨吧。"

"对面那蓝的比较好啊。"

"那是藏青色，太一般了。"

分布在回廊上的几家店前都挂着 "CLOSED" 的牌子。

"明天跟美树女士商量一下，买下来比较好。"

他们回到大厅，乘电梯上到九楼。

推开房间门一看，阳台门仍敞开着，海风柔柔地迎面吹来。

"累了吧？"

宗形安慰似的对千秋说，其实是他自己累了。

清晨一早就离开雅加达，飞往日惹，看完千佛坛遗迹后，又径直来到巴厘岛。作为一天的旅程，是紧张的急行军，不像团队旅游那样，听从安排就行，所以觉得身心俱疲。

"喝点儿什么？"

在房门内侧一边的专柜上有酒吧柜台，放着小瓶装的威士忌。

"有清淡一点儿的吗？"

千秋在照着镜子擦眼眶。

"杜松子酒补剂行吗？"

"行，在阳台上喝吧！"

开着门的阳台相当宽敞，前端放着两张藤椅。

"真舒服啊！"

在游泳池边上基本上感觉不到风，九楼的阳台上却南风习习。

"瞧，水中酒吧的灯灭了。"

刚才还有几个客人的游泳池，灯全灭了，只有圆屋顶上红色小灯的倒影在水面上摇曳。

"可能那个调酒员又换上泳装出来了吧。"

千秋想起了酒吧里面的那个男人。

"会用头顶着衣服游出来吧？"

"也可能把衣服放在吧台里了。"

"是吗……"

千秋独自笑了。

"明天你想游一下吗？"

"不都带着泳装来的吗？"

"可是这儿……"

千秋用手指了指胸口。

"用不着害羞嘛。"

"就你这么说啊。"

千秋端着酒杯，靠在栏杆上。

"这么向下看，挺可怕啊。"

仰面看是无边无际的黑暗，没有一颗星星。向下看是暗夜中咆哮的海，海滨沙滩上立有相隔很远的几根电杆，每根电杆上亮着一盏光线微弱的水银灯，其他地方则一团漆黑。

"喂，那前面看着发白的是波浪吧？"

"可能是白天看到的那堆珊瑚礁。"

"晚上那儿也起浪吗？"

暗夜中看到涌起的白色带状波涛，令人感觉到海的可怕。

"对面是南吧？"

"可能是东。"

"几乎看不到星星啊。"

"因为阴天。"

星光璀璨的夜空当然令人心旷神怡，而压倒性的漆黑一片也颇具情调。宗形把酒杯放在桌子上，点燃香烟。

"头发会被潮气弄湿的。"

千秋用手往上拢了拢头发，在藤椅上坐下来。

"来这儿挺好啊。"

"真这么想的？"

"那是啊。"

千秋很高兴。也许是身在美丽的巴厘岛，且和宗形一起来。

"要是怜子小姐也来这儿，肯定会很高兴吧？"

千秋仰望着黑暗的天空，自言自语道。

"据说她没来过巴厘岛……"

宗形揣摸不透她突然提到怜子的真意。

"回去告诉她这儿的境况。"

"什么？"

"就说'这个地方很漂亮'……"

"还是不说为好。"

"为什么？让她知道不合适吗？"

"不是……"

"那可以如实相告嘛。"

怜子现在待在日本，用不着把两个人在巴厘岛的浪漫夜晚告诉她吧。千秋是说真心话呢，还是想试探宗形的心思呢？

"你可能喜欢像怜子小姐那样的老实人吧？"

"你想说什么？"

"只是问问而已。"

"……"

"你不要以为怜子小姐会喜欢你！"

是千秋出于嫉妒，还是希望自己离开她改和怜子交往。

"别说得那么无聊！"

"并不无聊。"

宗形眼睛注视着暗夜里的海，脑子里在回忆与怜子的过往。

他和千秋、怜子一起吃过几顿饭。还有一次是在千秋的房间里遇见她，怜子很客气，只是微笑着听千秋和宗形交谈，基本不插话。

宗形的目光偶尔会在会话的间隙与怜子的视线相遇，每当这时候，宗形就觉得心情很激动。

千秋很有灵性，她也许看穿了这样的一瞬间。

宗形在最近一年开始关注怜子。他似乎觉得怜子在等着自己和千秋之间产生隔阂，怜子在他心里的分量开始加重。

不过话虽如此，自己从未跟怜子交谈过，也没有很深的交往。

与千秋来到南国的海岛,把怜子当作话题,感到有点不可思议。

宗形站起来,目光仍未离开大海。在一片漆黑中,一浪高过一浪的波涛仍不知疲倦地拍打着茫茫海滩,使人感受到无法估量的海的可怕。

"回屋吧!"

宗形扭头一看,千秋还双臂交叉着坐在那里。

房间里开着冷气,但还是感觉身上有点汗津津。因为在似火的南国转悠了一天,而且被海风吹过,不喜欢洗澡也不行,不能带着这种感觉上床睡觉。

宗形脱掉衣服,换上睡衣,进了浴室。

浴缸明亮而宽敞,但实在太浅。他转念一想:这是欧式,没办法!得把热水放满。

不一会儿,水龙头下面的排水孔即响起了哗哗的溢水声,他跳了进去。

"真舒服!"

宗形一边将身体沉入浴缸,一边情不自禁地嚷道。

千秋可能还在阳台上,房间里没一点动静。

宗形拿毛巾从脖子擦到耳际,擦着擦着,想起了他和千秋一起入浴的情景。

两个人最后一次入浴，大概在两年前的春天。

当时，千秋跟在宗形的后面进入浴室，她手拿毛巾，全身赤裸，前面也不设防。宗形回头一看，她黑色的阴毛突然扑入眼帘。千秋丝毫没有害羞的样子，弯着身子把手放进脸盆。

也许她认为两个人早已有着肉体关系，此时无需戒备。而在宗形看来，此举有点太过放肆。

她在西餐馆吃饭或与他人交谈时，会很有礼貌地行事。形象显得生硬，让人觉得有点过于拘谨。但只有他们两个人时，就会表现出为所欲为、满不在乎的样子。

宗形对这样的不协调产生忧虑，觉得看不惯千秋的这种两面行为。

当然，千秋并未注意到宗形的这种困惑。如果注意到了，会有所收敛或努力改正。她之所以我行我素，好像不觉得这是个问题。

假如是怜子，可能就不会干这样的事儿。没看见过怜子入浴的情景，但可以根据其性格特点来推断。

看起来，自己和千秋有些疏远，好像也与这种不协调有关。

宗形回忆着往事，在浴缸里慢慢伸开腿，仰面躺下来。

他采用这种姿势伸展四肢,恰在此时,门被叩响了。

"还没洗完吗?"

"你要洗吗?"

"十二楼上好像有个舞厅,咱去看看吧?"

"一会儿就出去。"

宗形从浴缸里爬出来,用毛巾擦身子。千秋推开门,露出半个脸:

"好像大厅里正在跳迪斯科。"

"这就去吗?"

"去跳迪斯科,穿夏威夷衫就行。"

"因为已经洗过澡了……"

"我想你会这么说。"

千秋抽回身子,关上门。

昨晚曾说起过,洗过澡后再跳迪斯科,精神会感到郁闷。再说今天早晨五点半就起来了,在炎热的南国海岛转悠了一整天。

宗形用吹风机吹干头发,穿上旅馆的长袍,走出浴室。看到千秋正坐在沙发上看电视。电视上好像在播这个地区的新闻,一男一女并排坐着互相交谈什么。这也许是主播和主播助理。

"还不去洗澡吗？"

"现在几点了？"

千秋的声音要比预想的明快。

"十一点左右吧。"

"从这儿能往东京打电话吗？东京也是同样的时间吧。"

"这儿的时间与东京时间有两个小时的时差,在日本现在已凌晨一点了。"

"想给事务所的阿高打个电话,怎么办呢？"

千秋姑且属于一个叫精神规划的演出公司。

"她现在一定在家吧。我从巴厘岛给她打电话,她一定很惊讶。"

宗形拿起电话机旁的通话提示卡。

"先拨这个号码,接着拨东京的号码,就可以通话。"

千秋从包里取出笔记本来,开始拨号。

"零三、三四七一……"

千秋一边念叨着,一边拨号,接着把听筒按在耳朵上。

"怎么回事呢？一直是长声的拨号音。"

"可能还没回来吧。"

"或许是在新宿喝酒呢。"

宗形替她拨了一次号码，依然没接通。

"本想惊扰她一下……"

千秋好像很失望，接着又露出了恶作剧般的表情。

"喂，给阿怜打一个吧。"

"……"

"你讨厌啊。"

"要是闹着玩，最好别打。夜已深了。"

"不单纯是闹着玩啊。还想求她办件事儿。"

"因为是在国外，电话费很贵啊。"

"电话费我来付。这样总可以吧。"

千秋继续眼看着电话卡，手拨着号码。

宗形从微型吧台上取来啤酒，斟到酒杯里。

"阿怜，是我啊。听清楚了吗？"

这次好像一下拨通了。

"现在是在巴厘岛的旅馆里给你打电话，有点惊讶吧？"

宗形置若罔闻地喝起了啤酒。

"这儿很漂亮啊。阳台前面就是海，下面有被椰子树环绕的游泳池,刚才宗形还在欣赏着海的夜色喝啤酒呢。"

听到千秋说自己,宗形开始侧耳静听,但听不到怜子的声音。

"是的,在啊。你跟他说话吧。"

千秋突然把话筒递了过来。

"是阿怜,你接一下!"

宗形默默地摇了摇头。

"他现在刚洗完澡出来,没法接啊。"

千秋轻轻地笑一笑,向宗形使了个眼色。

"对,是的。再待三天,也许还去高原。一定会晒得黑黝黝地回去……真的?"

宗形听到千秋如此之说,觉得有点对不住怜子。

"就想托你办这件事儿。见到了问个好!……嗯,这儿有种不错的印花布,想买回去当礼物……是的,说话时间太长,会挨骂……明白了。你也多保重,再见!"

千秋把结束的声调拉得很长。

"很简单地就拨通了。"

"……"

"阿怜说向你问好……"

宗形没答话,一口把剩下的啤酒喝干了。

"她说想来巴厘岛看看。"

宗形仍未搭话,他站起身,从阳台上走到床边,慢慢躺下来。

洗完了澡,尽情地舒展四肢,真爽。他闭上眼睛,想睡去,但心里兴奋,睡不着。逆着兴奋,他再次闭上眼睛。此时,千秋走过来问:

"怎么了? 生气了吗?"

"不是……"

"有什么难为情吗?"

"绝不会……"

"我去洗澡了。"

千秋关掉房间的灯,去了浴室。

七

一丝光亮在眼皮上跳动。起先像沙粒,后来渐渐地扩大,横向、纵向都在伸展,呈不规则的各种形状。并且一点一点不停地运动,心里觉得讨厌,慢慢睁开眼睛,侧目一看,已经是早晨了。

阳台和床是平行的,挂在那里的幕帘开着三分之一,晨曦从那里照射进来。

宗形睡眼惺忪地眺望室外，耳畔传来了低微的海浪声。宗形这才意识到自己身处巴厘岛一家面向大海的旅馆里。

他仿佛被海浪声吸引而坐起，用力地伸展着上半身，一看茶几上的表，才九点钟，感觉快要到中午了，这是南国地处赤道、阳光强烈的缘故。

确认了一下时间，环视了一下四周，千秋不在。

她的睡袍叠放在床头上，看来她早已起床，换上普通的衣服了。

"喂……"

喊了几声，没有回答，回声在房间里很响。

宗形下床来，看了看浴室，千秋也不在里面。

再看看旅行箱和壁橱里的衣服，都原封不动地放着。

宗形脱掉睡衣，换上白色半袖衫和裤子，走到阳台上。

午前的大海在强烈阳光的照射下光波炫目，海滨沙滩好像漂过了一般发白。与烈日高照的海上相比，被椰子树环绕着的旅馆游泳池更使人惬意，有十几个客人正在池畔椅子上休息、玩耍。

宗形举目海上，左侧视界尽头能看到一块发黑的凸起。猛一看,像耸立的岩礁,仔细一看,是沉船的残骸。裸露在海面之上的应是船头部分。在这蔚蓝、澄澈的大海上,唯有这个发黑的异物,显得极不协调。

为什么不打捞清除呢? 宗形觉得不可思议。这时传来了开门声,千秋回来了。

"起床了?"

"你去哪儿了?"

"去大厅转了转。因为你没醒,怕影响你睡觉。"

千秋穿着淡粉色的连衣裙,松松地系着白腰带。

"去吃饭吗?"

"这儿景致多好啊。"

"那就要送餐服务吧!"

宗形到浴室里刷了牙,洗了脸。出来用镜子一照,觉得昨天可把自己晒黑了,尤其是鼻子和脸颊,晒得通红而发亮。

过了不一会儿,早餐送到。两人边吃边欣赏海景。三十分钟后,两人又乘上电梯,下到一楼,到游泳池畔的连椅上躺下来。

"来一趟南国,晒不黑不对头。"

"你能晒得很黑。"

"你是想说我皮肤本来黑吧？"

千秋轻轻地瞪了宗形一眼。

"皮肤肌理还是细腻光滑的嘛。"

宗形一边点头称是，一边联想到怜子皮肤的白皙。当然是从她裸露的脖子和胳膊的肤色推断出的白皙，她的肌肤好像跟千秋的不一样。

"还是棕色皮肤最好啊。"

千秋一边嘟囔，一边往脸上、身上涂防晒油。

宗形不擅长游泳，蛙泳只能游二三百米。千秋没有游，只在游泳池里泡着，两人又一起在游泳池畔晒了一会儿，才回到九楼的房间。

"感觉浑身发热。"

"晒得时间太长，洗澡会难受的。"

宗形从冰箱里取出啤酒，每人喝了一杯。两人在床上轻松地假寐了一会儿，相约再去海边溜溜，此时已是下午四点钟。

猖獗了一天的太阳渐渐偏西，略感凉爽的海风无声无息地迎面吹来。

来到海滨沙滩上，他们朝左边的游艇港走去，赤脚的当地少年们凑上前来，伸出两只手，挡住他们的去路，问他们坐不坐游艇。

"请先告诉那是什么？"

宗形用手指着远处的黑色残骸问道。

"日本船。"

其中的一个少年即刻回答。怎么会是日本船？又问了问，说是二战时被击沉的日本军舰。

"去那儿看看好吗？"

宗形突然来了兴趣。没听说在太平洋战争中，巴厘岛海域发生过鏖战，也许是船在正常航行时被鱼雷击沉的。从突出的船首的形状来看，与其说是军舰，莫如说是运输船或登陆艇。

两人一起乘上游艇，向沉船驶去。千秋好像对沉船不感兴趣。而是目不转睛地注视着散布在清澈海底的海胆。

孩子们问他俩吃不吃海胆。

"看来什么都想赚钱。"

宗形问操纵游艇的少年价钱，答复是一小瓶一百五十日元。

"喂，吃点儿吧！在日本的话要几千日元，还吃不到这么新鲜的。"

"过会儿再买来吃吧。"

游艇顶着越来越大的风,劈波斩浪,快速驶向沉船。

从远处看,沉船露出海面的是船头,凑近一看,却又像是船尾。因生锈而腐蚀的铁块中间,能看到圆圆的起重机。而且后尾开得很大,也许是小型运输船。

"这是日本的船吗?"

宗形问少年。少年点点头。否定又无依据,只有相信。

"怎么不处理掉呢?"

"来这儿参观的日本游客很多,可能是为了纪念过去的战争吧。"

"但有碍景色美观啊。"

旧船的残骸确实与秀丽的南国乐园不相协调。再说对于在战争中失去亲人的人们来说,只能加重心中的悲凉。

宗形从年幼时起,就喜欢听战争故事,他很关注这条船的来历。

"其实二战时,这一带没什么战争,在前面的爪哇海上和中途岛等地才发生过大规模的战争。"

宗形向千秋解说,千秋几乎没有反应。

"好了,返回吧!"

沉船离海边三百米稍多。太阳已转向西方,西边的天空出现火烧云。那红色还没投射到海上,但用不了多久,整个大海就会被染得通红。

宗形眺望着暮色苍茫的天空,突然感觉心中空空落落。

是苍穹的无垠和大海的浩瀚勾起人的内心空虚感。

"离家挺远啊……"

宗形小声嘟囔道。千秋扭转话题,叫嚷:

"海底挺漂亮啊。带相机来就好了。"

宗形对此首肯,脸上露出苦笑。

两个人一起来到南方的岛国,所想的问题好像截然不同。彼此是异性,世代和感兴趣的对象全都不同,尽管认为是很自然的,但还是有点寂寞。

回来是顺风顺水,游艇没用十分钟就回到岸边。海胆过会儿有人给送到房间去,他们付上钱,下了游艇。

他俩穿过游泳池畔,回到旅馆大厅,看到导游美树女士正站在那里等他们。

"刚才往您房间打过电话,你们都不在。如果方便的话,晚饭后可以去看看当地人的舞蹈表演。"

宗形点头同意,心想得先到浴盆里泡一泡,洗洗让海风打湿的身子。

"那就八点钟在大厅会合。"

定好时间。宗形饶有兴趣地说起了那艘沉船:

"在这样美丽的地方,竟然留有战争的残痕啊。"

美树露出了莫名其妙的神色,但很快笑着摇了摇头:

"那不是击沉的日军军舰,而是触礁沉下去的当地的船。"

"可那个孩子说是二战时……"

"他顺嘴这么说,是为了让日本的客人高兴而已。哎呀,那船倒是挺古老了。"

宗形听了有点发呆,千秋却笑起来。

"喂,你瞧!我觉得有点不对头嘛。"

"可能这一带也有二战时的沉船吧。"

"也许有,毕竟是四十年以前的事了。"

"我认输了。"

宗形对自己的天真和臆想感到有点吃惊。嘴上开着玩笑,心里仍挂记着沉船的来历。

两人回到房间,时间整六点,离八点还有一段空闲时间。宗形沐浴后,在床上躺下来。千秋说要和美树一起去逛旅馆的时装商店,又出去了。

一个人舒舒服服地躺着休息,觉得自由又自在。

"好舒服……"

宗形在心里对自己说,把接下来的活动抛到了脑后。

与千秋来南方岛国旅游,是为了从日常的琐事中摆脱出来,求得解脱。他觉得有千秋陪伴,不会被多余的琐事所困扰,能够充分地享受自由。

现在已是旅游的第三天,却能体验到一个人独处的解脱感。并不是说千秋碍事,但她不在身边,心里平静不少。

宗形在床上用力伸展着四肢,脸上露出一丝苦笑。

这种解脱感和以前离开妻子富佐子的感受没有多大差别。刚结婚时姑且不论,几年之后,个人独处时,自己的情绪就感到安定。并不是说妻子多嘴多舌或令人讨厌,而是经常不离左右本身就令人感到烦闷。

他并不是有什么特殊理由,或看不惯妻子的什么地方,才和妻子离婚的。而是与妻子朝夕相处,产生心理疲劳和无形约束,想从这种压抑中摆脱出来。

这显然是男人的任性。妻子本来就应该待在丈夫身边,只有服侍丈夫左右那才是妻子。如果因此而感到郁闷,从开始就没有资格结婚。

当然,宗形充分地了解这一点。因为了解,才对妻子说:"请原谅我任性!"当时作为工薪阶层,他最大限度地支付了赔偿费,和妻子办理了离婚手续。

离婚之时,宗形如同现在一样仰面朝天,伸展四肢,享受一个人独处的解脱感。当然,那种解脱感和现在的心理感受并不相同,而和歇口气的感觉却非常相似。

屈指算来,他和妻子离婚已经四年了。这期间,他独自一人住在涩谷的公寓里。

尽管巴望一个人待着,但生活上多有不便,曾让关系亲密的女性帮助料理家务,但时间久了觉得郁闷,后来又请了佣人。

再后来千秋经常来房间,不再需要佣人了,但没辞掉。

假如那时把佣人辞掉,也许就和千秋结婚或同居了。根据当时的感情,只要宗形求婚,千秋是会答应他的。

说实在话,当时的宗形,并没有结婚的迫切需求。一是还有令他动心的女性，二是害怕婚后重新受到约束。

也许离过一次婚，使他变得胆小而不敢再婚了。

随着交往的不断深入，千秋的工作热忱与日俱增，开始向外发展。由此可以说，因为没有辞掉佣人，把千秋塑成了一个倾心工作的人。

四年来，他一个人的生活勉勉强强地维持着。

当然，一个人有一个人的不便，而自由又可以弥补这一点。方便和自由，到底应选取什么呢？虽然很犹豫，其实已适应了自由。

正因为如此，仅和千秋在一起待了三天，就乐于享受一个人独处。

离开日本时，自己心里很满足：能和千秋朝夕相处过几天！虽然不像青年人那样情绪激动，但心里感到快活，然而，仅仅过了三天，情绪又开始消沉了。

"好像两个人待在一起，不是很合适……"

宗形想着想着，迷迷糊糊地睡着了。

突然听到周围有动静，睁眼一看，千秋坐在阳台前面的椅子上，吸着香烟。

"几点了？"

"七点半了。这是那个游艇上的孩子送来的。"

千秋把小瓶举过头顶。小瓶里塞满了红色的海胆。

"装了这么多,看了觉得没食欲了。"

宗形一骨碌爬起来,走到阳台上。太阳已经西沉,西方的天空还飘着几朵云彩,云彩被涂得黑黑的,东方已跳跃出几颗星星。

"去买什么了?"

"后天美树要带我们去爪哇花布工厂,所以没买。这里比厂里要贵三四成。"

千秋把海胆瓶放进了冰箱。

"这儿的商店有意思啊。我们说别的店比你们便宜,降降价吧,对方只是笑,不作答。既不降价,也不生气。"

"美树女士是八点钟来接我们吧?"

"后来说八点半就行。"

"那咱去旅馆的西餐馆好吗?"

宗形换上白色的裤子和竖条纹的半袖衬衫,与千秋并肩出了门。

比游泳池高出一截的西餐馆,被各种彩灯装饰着,具有一派南国的热闹景象。两个人在能看到庭院的窗边落座。这是面向全世界游客的旅馆,菜品和一般的法国菜没有两样。

这是他们外出旅行的首次用餐,两人先饮用香槟,再品味白葡萄酒。

"这样的镜头,只在电影中看到过!"宗形不由得兴奋地说道。

餐桌上亮着橘黄色的罩灯,圣诞树闪耀着五颜六色的小灯,绿色装饰植物枝繁叶茂,枝叶间能窥见五光十色映照的游泳池。

"确实是南国的乐园啊。"

千秋端着酒杯,凝望着室外。也许是在怀着电影主人公的那般心情在眺望未来吧。

"世界上的富人每天都是这样游览各地吧?"

"天天如此,再好也会厌腻的。"

"是啊……"

"偶尔来一下挺好。"

假如问千秋:"就这样生活在这儿,好吗?"她一定会说:"回日本。"因为来这儿游览是游客的一时之需,不是真的要生活在这里。

"据说美树女士是在大学时代和现在的老公相识的。"

"老公做什么?"

"好像是政府的官员。据说出身于这个地方的名门,曾留学日本。"

"是在日本跟她一见钟情的吗？"

"好像是，那是个很和蔼的人。"

"你也在这儿找个好男人吧！"

"好啊……"

宗形开玩笑地调侃说，千秋却坦率地点点头。以前的千秋，可没有这种从容不迫的态度。

"你可以留在这儿当导游。"

"我能干吗？"

"你可以干。"

"这是什么意思？"

"你已经变得不太认生了……"

"不是的。我是尽量地不认生。像美树女士那样，认生也不行啊。"

"虽说是名门子弟，生活或宗教都不一样。走进那个圈子，也会相当辛苦吧。"

"女人只要喜欢，辛苦不辛苦都没关系啊。"

千秋一只手端着酒杯，侧目远望，脸上洋溢着女人芳年的自信和美丽。

吃完饭，已近八点半，去大厅一看，美树已经在等他们了。她的确是个日本女性，很准时。

两人马上坐上她带来的车，去一个叫博纳的村子看巴厘岛舞。

这种舞蹈又叫猴子舞，在树林中石砌的舞台上，一百多个仅用布片遮挡着阴部的男人们聚在一起蹦跳。

故事的梗概是，公主中了邪恶的圈套而被抢走了，王子在猴子大军的援助下将公主救了出来……众多的男人们围成圈，有时蹲下去，有时站起来，嘴里模仿猴子啼叫，高声呼喊"巴厘岛、巴厘岛"，一边伸展着两手，剧烈地抖动身体。

四处一片黑暗，唯一的亮光是舞台中央和周围所点着的蜡烛，在烛光下，着装美丽的公主和裸着上身的男人们载歌载舞，在华丽中酿造出一种原始而神秘的气氛。

"扮演那个公主的人有多大岁数？"

宗形用手指了指那个在舞台中央独舞的女性。她头上戴着王冠一般的圆圈，身上穿着艳丽的民族服装，有着一副天真烂漫的面孔。

"大概二十一二岁吧。可能是这个国家的明星。"

"说她是日本人,别人也看不出来啊。"

千秋所说毋庸置疑,从观众席上看,她微圆的脸庞与日本人没有两样。

舞台上众人发出高亢嘹亮的呐喊,他们齐刷刷地一起将两手伸向夜空,接着又向下蜷身。

只看一下他们身姿的多变,就觉得步入了密林中的梦幻世界。

"下面他们要去救人了吧。"

"看真人、实物才有感染力啊。"

周围的观众几乎都是日本人,不时传来低声的日语会话,还有频繁按动快门的声音。

"你作为曾经的时装模特,穿公主的这种服装会怎么样呢?"

宗形悄悄地问千秋。

"稍微动动脑筋,改动一下,也许就能当便服穿啊。"

"那回去以后试试看!"

"这种服饰对日本人来说,还有一点不能适应,就是色彩有点过艳。"

宗形也有同感,因为是同样的东洋人,才觉得彼此能适应。而对于美国或欧洲的时装,却感觉更有兴趣。这似乎表现出地理位置的差异要重于肤色或发色的差异。

"公主快要得救了。"

美树在给做着解说。而宗形对这单调的舞蹈已经有些厌腻了。

确实,起舞之时的灯火和舞者的装束与动作,很是迷人,但如果不懂众人高声尖叫和摇晃身体的动作所表达的意思,就会让人感到无聊。再说蚊子不断袭扰,没法静下心来聚精会神地看。

"你瞧,恶魔就要逃走了。"

在美树作着解说的同时,男舞者一起发出胜利的呐喊,反复了几次,舞蹈便告结束了。

"想见见那个扮演公主的姑娘吗?"

"能见到吗?"

"托托人吧。"

美树好像很有人缘。不大一会儿,身着公主戏装的姑娘来到了宗形面前。

"从近处看很年轻吧?"

"近处远处看都年轻漂亮。"

宗形伸出手来,姑娘露出笑容与他握手。那笑容中夹有女人的媚态。

"她们是当地男人们仰慕的对象吧？"

姑娘离开后，宗形问道。

"漂亮，又有收入，好像很受捧。在舞女当中，这个姑娘比较规矩。"

"她也是你喜欢的那种类型啊。"

千秋边朝车的所在方向走，边对宗形说。

"脸庞圆圆的，体型也好，不有点儿像怜子吗？"

宗形没搭话，继续沿路前行。

她真的嫉妒怜子吗？宗形很想问一下，但导游美树在身旁，不好开口。

八

无所事事的一天来到了。

"自由活动"，日程表上是这样安排的。干什么呢？如果继续看风景，有各种各样的地方值得看。

能在北边的金泰马尼高原上住一夜挺好，普拉巴瓦和汗古丽的古老的寺院也值得一看。或者去东部的克隆宫或者……还期望看到巴厘岛独特的建筑物和雕刻。

然而,游览那些壮丽的景观是没有止境的。这个也想看,那个也想看,时间又有限,只能是走马观花地看一下,留不下多少印象。

早晨七点,宗形醒来了,想到今天没有任何安排,就又睡去了。千秋仍然恬静地在他身旁酣睡。

宗形再次醒来时,时间已过了九点。

自我感觉睡的时间不短,但想到今天无事可做,仍不愿意起床。

从窗帘缝隙间透进来的阳光很强烈,看样子外面很热。总不能置其他于不顾,老这样睡觉,一睡一整天。

宗形翻了个身,无意中触碰到千秋柔软而富有弹性的肌肤,不料想性欲突然袭来,他硬是把此时段不感兴趣的千秋弄醒,不顾千秋感受,草草与之完事。因事后疲乏,又睡着了。

再次醒来之时,南国的太阳正以压倒性的力量,将无数的光粒子投进浩瀚的大海。

可能是早晨痛快过一番的缘故,宗形懒得从房间里出来。他冲完淋浴后,打电话让人把早餐兼午餐送到房间里来。

近几年来,宗形有个小小的愿望,就是早晨痛快一番,吃一顿既当早餐又当午餐的好饭。认为只要这两点得到满足,就是人生的幸福。

然而,追求幸福好像比实现愿望更觉得有兴致。目的一旦达到,又觉得算不了什么。此时的他,就在身心疲惫的倦怠中消沉。

接近午餐时间的早餐是菜肉蛋卷、当地的色拉、鲜菠萝和咖啡。

宗形与千秋面对面,在能看到大海的阳台上吃这顿饭。

"哎呀,生活还是挺不错的嘛。"

千秋让海风吹得眯缝着眼睛,往烤面包片上抹黄油。今天早晨翻云覆雨的快乐,对千秋来说,似乎早已烟消云散。

"早晨看着海吃饭,真棒!这里是天堂啊。"

"天堂"这个词有点夸张,宗形不由得笑了。

"东京是地狱吗?"

"从在东京忙于提高收视率,辛辛苦苦地工作来看,这里是天堂啊。"

千秋边说边把胳膊肘儿支在桌子上,向前探出身子,似乎这样离大海更近些。

"喂,你觉得我们的节目怎么样?"

"问怎么样嘛……"

"你最近一直在看,请如实地谈谈感想!"

宗形的菜肉蛋卷吃到一半,他停止了咀嚼。

"节目主持人的打扮再华丽点儿更好。"

"谷川先生的形象有点硬吧?"

节目的综合主持人是个姓谷川的四十来岁的男性,千秋和一个与她同龄的年轻播音员担任助手。

"可能是在花钱方面有些小气吧。"

"还是能看出来的。台里有些事不做,转包得太多了。"

因为都从事影视工作,这种情况宗形能想象到。

"你可以做综合主持人嘛!"

"你说什么!"

千秋起先露出吃惊的表情,接着改变主意说:

"倒是想做啊。"

宗形在半开玩笑,千秋好像信以为真。

"你觉得我能胜任吗?"

"做做才能知道。"

"女性节目主持人比比皆是啊。"

以前,千秋从来没有这么高的兴致。可能是模特这个工作影响了她,她对任何事情都谨慎而消极,今天则是一反常态。可是,话说回来,她做主持,就得把别人排挤掉。

"你跟冈崎说说吧。"

"说什么……"

"刚才说的事儿,你认识他吧?"

冈崎是负责千秋所在单位的局长。千秋的意思是宗形找找他,让她当节目主持人。

"这种事儿不能做。"

"为什么?"

"会被人笑话。"

虽说与冈崎关系比较密切,但不能因此而强行举荐自己的情侣当综合节目主持人。

千秋好像有点不高兴。她端起咖啡壶,只往自己的杯子里斟咖啡。

"丝毫不考虑我的事儿……"

"这个和那个不一样。"

"什么不一样？"

千秋不仅反驳，还要让人说明理由，宗形叹了口气。

"现在不就挺好吗？"

"你讨厌我出名吗？"

"不是。"

"您是讨厌我热衷于现在的工作吧？"

"不否认有这种情绪，但不是你所说的根由。"

"明白了。"

当宗形还在犹豫找不找冈崎时，千秋已断定他不会帮忙。

"你这个人好冷酷啊。"

"不是……"

"什么不是。"

两个人陷入了短暂的沉默，浪涛的轰响声格外入耳。联想到正在用餐的此刻、耽于做爱的早晨，以及一味沉睡的晚上，宗形总觉得不可思议。

他没有了食欲，扔下手中的菜肉蛋卷。千秋也是如此，烤面包片上抹着的黄油在滴，她没有动手翻一翻。

"你为什么把我领到这儿来？"

如此之问，宗形无法回答。如果说"因为喜欢"，那海面有点过于明亮。如果说"为了确认两个人的爱"，风儿有点过于清爽。

"您有很多喜欢的人吧……"千秋不无揶揄地说。

宗形除了千秋，确实还交往过其他女性。尤其和千秋关系疏远期间，与两个女性交往过，但都只是轻松的消遣，不是发自内心的爱。

不管怎样，和千秋的关系最深。

"你现在和那个人关系怎么样？"

"没有什么。"

"发生过性关系，可以这么说吗？"

"真的没什么。"

"你太狡猾了。"

宗形自以为说得实实在在，可千秋并不领情。千秋只从是非曲直看问题，看不到青红皂白之间灰色地带的存在。

其实，这种感觉的差异是男女间基本的差异，很难用理论予以说明。

"我要明确地问问……"

千秋两腿交叉，两眼闪现出咄咄逼人的光芒。

"你喜欢我吗？"

宗形不太喜欢这种问法。被这么逼问，只能说"喜欢"。即使不喜欢，也不能说"讨厌"。这种问法不给对方留有余地，只追求一种答案，是傲慢无礼的。

不过，女人往往喜欢这种质问。不容对方分说，要求明确作答。她们舍弃犹豫、困惑的部分，只重视结果。

宗形未作回答，只是笑了笑。在这炎炎的太阳下，非得让四十多岁的男人说"喜欢"，其实是残酷的。在这朗朗的天空下，说"喜欢"也听着像开玩笑。

"喂，你说呀！"

此刻千秋在热切期待着"喜欢"这句话。也许想在确认"喜欢"之后，要求别的事情。

但是，宗形有些固执。认为此刻在这里会意地点点头，就会被女人的伦理吞噬掉。

"那，讨厌我吗？"

"呀！……"

"说得明确点儿！"

海空晴朗得万里无云，两人之间却阴云密布。

"喂……"

千秋再次咄咄逼人地问。宗形开始降低语速答道：

"不知道……"

"这是什么意思？"

"就是不知道。"

说心里话，宗形现在的确不知道思想深处是否还爱千秋。

比如这次旅行，假如说陪伴千秋游历南国是一种爱，那么确实是爱。但现在被问道"喜欢我吗？"只能说"不知道"。

确切地说，千秋身上有很多自己喜欢的地方，也有很多讨厌的地方。其实刚才千秋逼问"喜欢我吗？"既令人爱怜，又使人郁闷。何况被嘲讽"您有很多喜欢的人吧"，顿时郁闷倍增。

"不知道是喜欢，还是怎么样？"

千秋迫不及待地要答案，也并非没有道理。这是一个连孩子也能道出的简单问题，同时也是个难以启齿的发问。正因为这是最基本最简单的发问，得不到明确的回答，她越发觉得弄不懂。

"就说我在你心中是什么位置吧！"

"……"

什么位置也很难回答。不是妻子，这一点是明确的。如果回答是情人，肯定会遭到反驳："不喜欢却……"想说是个很重要的人，又会觉得很郁闷。

"只是个伙伴吗？"

宗形又苦笑了。所谓伙伴也许说得恰若其分。宗形当下得意的真是钟情于自己的伙伴。

在明亮的太阳光下，一边看着蓝色的海，一边舒爽地用餐。痴情的伙伴不离左右，心中惬意十足。

说起来，宗形希望千秋扮演各种角色。有时希望她只是个普通的伙伴。有时关系更深一步，娶她为妻。有时则希望她成为工作上的参谋。

对于这一点，女人也一样。希望一个男人既是满足自己性欲的健壮的雄性，同时要求其具备父亲一般的包容力和朋友相处的轻松感。进而也会要求对方是个形影不离的忠诚伙伴。

男人或女人都会同时扮演多重角色，同时又要求对方扮演好各种角色。

然而，问题是其多重角色的表现时机。当男人全力以赴，倾心追求有魅力的女人时，女人反应迟钝，男人就会郁闷。当男人展开双臂，真情相拥可爱的女人时，女人刻意回绝，男人就会扫兴。当男人胃口大开,想要爽快地享用美酒佳肴时,女人态度暧昧,男人就会忧郁。

仔细想想,和千秋之间发生了一些小小的隔阂,也许是因为角色的定位和平衡出现了微妙的偏差。希望对方以某种角色出现时,他却扮演了另一种角色。眼看她要以正确的角色定位时,突然又改扮了不恰当的角色。如果仅看那一瞬间的偏差,尽是些琐碎的小事,倒也无碍大局,但天长日久,积少成多,会给彼此造成很大的伤害。

"喂,为什么不回答呢?"

当下的千秋比平时执拗而阴险。一般快来例假时,千秋爱这样胡搅蛮缠。

"没什么大不了的事嘛。"

宗形觉得没有必要再去议论两个人之间的关系。如果说角色定位出现了小小的偏差,她也不能正确地理解。如果能够正确理解,就不该在就餐中发生这样的争论。

"可是对我来说,却是个严重的问题啊。"

宗形想着就此告一段落,千秋却步步紧逼。也许是她自己说服不了自己,难以收场。

"这事儿不是很明白吗？"

"明白什么？"

"……"

千秋将桌上放着的香烟拿出一根，恨恨地叼在嘴上，面向大海，使劲吐着烟雾。反复三次后，继续追问。

"说呀，明白什么？"

千秋交叉着的双腿微微地颤抖。

"你还是喜欢怜子小姐吧？"

又说这事儿了？宗形仰望着明亮的天空，不得不做出"迎战"的准备。

"喂，是喜欢吧？"

"喜欢。"

宗形聚精会神地凝望着天空，慢条斯理地回答。

"说的是实话啊。"

"喜欢倒是喜欢，但仅此而已。"

"是从心里喜欢吧？"

宗形确实对怜子抱有好感，可这是作为朋友的朋友所短暂接触的印象，与和千秋爱慕深深、相互依恋大为不同。当然，假如自己和怜子的关系也发展得很深，对她的看法也许就会改变。至少不会像现在这样认为她是个"爽朗的女人"。

"你把真实的想法坦白了。"

千秋似乎又是单方面的判定。宗形起初想慢慢思考一下再说，但鉴于千秋的迫不及待，不得不据实作出结论。反过来看，也许正是宗形的这种困惑，才令千秋急不可耐。

"别再说了！"

宗形决定偃旗息鼓。姑且不论输赢，再这样争论下去，会给双方造成进一步的伤害。这顿鱼水之欢之后的早餐，这场想给对方点儿轻微刺激的争论，演变成一种真正的伤害，的确得不偿失且毫无意义。

"要逃避吗？……"

千秋好像不想结束战斗。或者说找不到结束的方法。

"今天这事儿，到这儿行了！"

"什么行了？"

"说得再多，怜子也只是个普通的女人。"

"怎么个'普通'法，和我哪儿不一样？"

"我们的关系与她不可比较。"

"难道最喜欢我吗？"

"那是肯定的。"

"真的吗？"

宗形又是慢条斯理地点点头。千秋小声地嘟囔道：

"你这个人真怪……"

"……"

"怎么不早对我说呢？"

早餐之中的争吵终于迎来了尾声。

宗形从椅子上站起来，轻轻地伸了个懒腰，脑海里闪现出一丝懊恼和自责：为何要与她进行这场无谓的争论并持续到现在呢？事过之后，觉得不可思议。

"今天天气真晴朗。"

宗形用手遮挡着阳光，暗暗思忖：也许刚才是对秀丽景色熟视无睹而感到无聊，才发生争论的。

为了忘却午前的小小的争论，午后，两个人来到海滩上，一边晒太阳，一边打趣。千秋说好容易来到南国海岛，不晒得黑点儿回去让人笑话，说完仰躺在椅子上涂防晒油。她穿着遮盖腹部的比基尼泳装,这在别的女性看来,是非常保守的。

"挺小吧?"

千秋眼睛注视着躺在一旁的外籍女性的胸脯,指着自己的乳房对宗形说。

"简直像大人和小孩儿的区别啊。"

"也并不是大就好。"

宗形走向旁边的连椅,稍感凉爽的微风从脚下掠过胸口。他朝大海眺望了一会儿,也仰面躺了下来,躺下更能感受到阳光之强烈。忍不住闭上眼睛,双手交叉着托起脑袋,任凭烈日在自己身上肆虐。

海、风和太阳,都在宗形的身旁跃动,他慢慢适应了周围的一切,有点昏昏欲睡的感觉。耳畔的海潮声越来越小,逐渐远去了。

就这样睡了不一会儿,感觉有人顶了几下他的胳膊肘儿,睁眼一看,是千秋。

"喂,该回去了。"

一瞅千秋,她晒得更黑了。

一看胳膊上的腕表,三点,已经到了下午了。好像风力增强了不少,海面上卷起了白浪。

"总觉得有人在看我。"

千秋望着右边的游艇港，对宗形说。游艇港前有一道混凝土堤坝，几个当地人正蹲在那里交头接耳。他们也许觉得身材矮小、与己貌似的日本女性远比高大丰满、肤色各异的白人女性亲切得多。

"没有什么嘛。"

"让人讨厌啊。"

千秋已经把毛巾和防晒油放到了袋子里，弯腰穿凉鞋。

"都晒黑了。"

宗形的皮肤晒暴皮也不发黑，而是呈暗红色。曾经有一次因为没涂防晒油而晒得起了燎泡。

"你的鼻子通红啊。"

"这是来巴厘岛的证据。"

宗形戴上墨镜，站了起来。

太阳已经西斜，海上仍然一片大明，海滨沙滩上银光闪耀。

"回到房间去干吗？"

"想冲个淋浴啊。"

"然后……"

千秋不作答。两人一前一后沿着烫脚的海滨沙滩往回走,宗形对漫长的一天仅过了一半而感到既欣慰又焦虑。

九

为何一天什么都没干,却感到累呢?

宗形在阳台上眺望着暮色降临的海,心里感到纳闷:昨晚睡得多,今晨起得晚,吃完早餐兼午餐,什么也没干。然后就去海边躺着晒太阳。当然中间进过海里两次,但不是正式地游泳。

却觉得浑身沉重,懒洋洋的。

过了一会儿后,他突然意识到可能是晒太阳太过的缘故,所以浑身觉得累。

去海边实际只待了两个小时,这期间,宗形躺在强烈阳光照射的连椅上,或俯卧、或仰卧,虽然在皮肤上涂了防晒油,好像暴露的皮肤仍吸收了大量的紫外线。

宗形不太清楚皮肤吸收大量紫外线所带来的后果,只感到肩部或背部火辣辣地疼。有一部分红肿,一部分只颜色发生变化,这应是发生过高强度新陈代谢的证据。即使没有频繁地活动手脚和身躯,被晒过的部分也会反复进行强烈的新陈代谢,血液会异常地快速流动。这些生理变化此刻还在继续,只不过强度在减弱。当下待在房间里所感觉到的疲劳,就是高剂量紫外线损伤皮肤的并发症。

宗形在轻微的痛楚中吸着香烟。

这个时间段,假如在东京的话,可能会着手下一步工作。

可如今在南国的海岛上,什么也不能做。就像被拔掉羽毛的鸟一样,只能无奈地栖息在一个地方,任由时间的流逝。

宗形的心头掠过一丝不安和焦躁。

像现在这样,想做点儿事又无事可做。室内室外躺卧一天,把皮肤晒黑,再陷入难以名状的疲劳之中。这种状态,最近几年没有经历过。

尽管这种状态让人觉得新鲜,但这是在做不利于健康的事儿,宗形有点心灰意懒。千秋也同样心灰意懒。

宗形随意地伸着腿,向后仰靠着坐在房间里。千秋用同样的姿势,坐在正对面的沙发上。千秋背对阳台,宗形面向阳台,两个人面对面坐着,各自闭着眼睛,谁也不说话。

但是两个人都不是在睡觉。可以看到千秋搭在浅驼色裙子上的手指在微微地颤动。可能是在和着某种乐曲的节拍吧。宗形则一动不动地仰靠在那里，偶尔翻动一下眼皮。

在只有两个人的房间里，一男一女两个人面对面坐着，哑然无声，各自考虑各自的事情。谁也不主动打破寂静。宗形对这种状态感到有点可笑。

并不夸张地说：这就是男人的固执和女人的倔强！这种沉默适时表现出宗形和千秋当下的姿态：互相发生过龃龉，彼此保持着适当的间隙。

宗形现在并不想填补这种间隙。男人和女人之间有着某种程度的间隙反而比较好。宗形非常喜欢现时存在的间隙。

"对……"

于无声处突然听到千秋的叫嚷。

宗形抬头一看，千秋正支起上半身，回过头去，凝神注视着大海。

"怎么了……"

"利用这儿的景观和摄影室合作有多好！"

"摄影室？"

"拍摄录像或图片，发到东京的节目中去呀。"

千秋快步走到阳台上，向海面远方眺望了一会儿，又一边点着头，一边走进房间。

"从这儿用'巴厘岛消息'这样的标题发怎么样？"

原以为千秋在静养，却原来在想工作的事儿。

"海滨白色的沙滩、游泳池畔婆娑的椰子树、原始的巴厘岛舞蹈和蓝色大海的黑色沉船残骸都很有趣吧？"

"要发，得有摄影记者参与吧？"

"所以让他火速赶过来。我们离开这儿还有三天时间，来得及啊。"

这次旅行的时间是一周。根据千秋的时间表，她是在演播厅录像结束的次日早晨出来的，下个星期六返回。这样，千秋就不用请假。

"还需要采访记者吧？"

"我试着联系一下。现在日本是冬天，放点南国海岛的炎炎夏日应该不错的。先给主任打个电话吧。"

"等等……"

宗形从桌子上拿起香烟。

太阳已经偏西，好像风大了，阳台门两旁的花边幕帘在摆动。

"你说的摄录像转播,得耗费一定时间,咱们星期六就回去了。"

"到时候,可以让他们给延长一下时间。这样就可以让他们给出房费和旅费了。"

宗形喷着烟雾在琢磨。

"喂,怎么样?"

"我不赞成啊。"

"为什么? 要是能出房费和旅费,你不也轻松一点吗?"

"这次的旅费已经全部支付了。再说用不着沾人便宜。"

"如果主任同意了,咱们还能再住一段时间嘛。"

"我星期六必须得回去。"

"因为工作吗?"

"开始就是这样计划的。"

宗形想:这次日程是为千秋量身定制的。她现在突然说为了转播多住几天,显然不合适,自己不能顺从。

"那我一个人留下来吗?"

"如果非这样不行,那就这样。"

"你不觉得这是有趣地改变计划吗?"

"想做摄录像转播，就应该早点儿作准备。凭一时高兴的想法来做，也做不好。"

好容易想到的点子被宗形否定了，千秋不满地噘起嘴巴。

她再次走到阳台上远眺大海。过了一小会儿，又毅然决然地走向电话机。

"谈谈想法，总该没错。"

千秋真的给工作单位打电话。

宗形用手掐灭香烟，站起来，走进了浴室。可能是长时间被潮湿的海风吹得身上发黏，得洗洗澡。

他自上而下冲了个冷水浴，擦干身子，穿上旅馆的白色长袍，走出浴室，看到千秋在电话机前用手托着腮。

"怎么了？"

"他们说事情太突然，摄影记者不方便……"

宗形用搭在肩上的毛巾，使劲擦湿漉漉的头发。

"那没办法啊。"

摄影记者不方便是托词。假如这岛子附近发生了飞机坠落的大事件，无论哪儿的摄影记者都会蜂拥而至。其真正原因是素材不够吸引人。

原以为千秋来到南国会悠闲自在地游览,但她却在脑海里不断思考工作的事儿,这种情形令宗形感到茫然。

"以后再考虑嘛。"

宗形安慰电话机前无精打采的千秋。

"还有机会啊。"

"我们电视台很小气,我很少有海外采访的机会。"

"这次不也来了吗? 而且还是两个人结伴旅行。"

千秋未搭话,似乎还拘泥于自己的设想没获批准。

"我说那样做不行吧。"

"不是不行。"

"是主播助理独出心裁的规划没被采纳。"

千秋回到沙发上,用手往上拢了拢头发。身上的 T 恤衫有点偏离,右侧的肩头露出了乳罩系带。

宗形注意到乳罩系带,不免激发起一点做爱的欲望,但并不强烈。再说也不是时机。如果硬来,千秋也不会附和。

宗形走到阳台上,俯瞰游泳池。

太阳已经完全西斜,椰子树长长的影子投射到游泳池的水面上。池中只有五六个孩子和一个像其母亲的肥胖女性,没有其他游泳者。

让黄昏的凉风吹拂了一阵后,宗形回到房间。千秋仰卧在床上。平伸着两只胳膊,双腿微微劈开,舒直地伸展着,一副自由自在的姿势。

"肚子不饿吗?"

宗形问道。千秋缓缓地摇了摇头。宗形爬到床上,和千秋并排着躺下来。千秋闭着眼睛没动。

微微的凉风从开着的阳台门吹进来。

躺了片刻后,宗形支起上半身来,吻了吻千秋的脑门。

千秋依然闭着眼睛一动不动。宗形见状,抚摸了一下自己被晒黑且略感疼痛的肌肤,慢慢躺下来,闭上了眼睛。

在暮色苍茫之中,两个人躺了一个多小时。尽管胳膊和腿有时触碰到一起,但两人却没有兴趣发生性关系。好像休息就是休息,不干别的。

夕阳西下的天空变成了淡紫色,夜幕已经降临。在除去浪涛拍岸的静谧之中,宗形的思绪回到了东京。

这个时候,正是公司里最忙碌的时候。人员频繁地进出,电话响个不停。各种事情纠缠到一起，自己忙得焦头烂额。而今自己却在南方的岛国和一个女人无所事事地横躺着，简直就是恍如隔世。他怀着那种悔不当初且无可奈何的情绪，仰视着高高的天花板。

"该起来了。"

宗形侧脸支起上半身，千秋便把身子凑了过来。好像是宗形的动作牵动了她。

"洗个澡好吗？"

"我刚刚洗过……"

"冲个淋浴就行。"

"我冲过淋浴了。"

"这次一起冲。"

"……"

"偶尔一起沐浴可以吧？"

千秋有点无精打采地扬起脑袋。

"想看裸体吗？"

"倒也不是。"

"那要干吗？"

"想看雌性私处。"

千秋脸上绽开了笑容。可能是睡了一会儿的缘故,刚才的严厉荡然无存了。宗形认为难得她主动提出同浴,就爬起来,往浴盆里放满了热水。

白天晒了几个小时太阳,身上火辣辣的,得把热水温度调低。尽管如此,身子泡在水中,还是有点轻微的疼痛。此时千秋推门进来了。

"后背疼吧?"

宗形看到千秋的后背上,有阳光照射乳罩所留下的清晰痕迹。

"进来吧!"

千秋手抓着浴盆边缘,腿迈进浴盆。宗形曾和千秋一起洗过几次澡,她一直没有害羞的表现。宗形注视着她的胴体时,她会满不在乎地站起来,露出前面的阴毛。宗形有时悄悄地把手往那儿伸,总会被她用力推开,并被斥责道:"真够傻的!"

也许是因为早已互相以身相许了,没必要再觉得害羞。但如果表现太过直接,就会让人觉得扫兴。话虽如此,像今天表现得这样率真,倒也无可指责。可她有时会说一些不应张扬的话。比方说来例假时,她会口无遮拦地说:"哎呀,又来了!"。来例假对女人来说,可能是很平常的事情,但作为男人来说,觉得应属高度隐私。宗形常为此捏着一把汗。

千秋对任何事情都坦陈和直白,讨厌敷衍搪塞。这一点和她的性格不无关系。

"喂,往那边儿靠靠!"

浴盆里容一个人很宽敞,两个人进入就很拥挤。宗形后背紧贴盆壁,分开两条腿,千秋背对宗形坐在中间。

"水不够热吗?"

"这种温度比较舒适。"

千秋苗条的身体在宗形分开的双腿间活动自如。她头上戴着浴帽,浴帽边漏出的几根头发缠绕在脖子上。

"真光滑。"

宗形从后面摸了摸千秋的乳房,千秋没作任何反应。

"现在五点钟,要是在日本,刚刚开始下步工作。"

宗形故意选择没有情趣的话题。

"想不到你在黄昏还忘我工作。"

千秋慢慢地舒展着四肢。宗形的上身猛地晃了一下,受其影响,热水从浴盆边缘溢了出来。

"晚饭吃什么？还吃日餐吗？"

"还去上次去过的地方吃吗？"

"那儿就不去了，她说另有一家店。"

"能好吃吗？"

"应比上次强吧。"

宗形在水中的双手从千秋的腰部摸到臀部。

"有没有荞麦面条？"

"想吃吗？"

"嗯，如果有的话……"

千秋肩头以下全浸在水中，胯股之间茂密的阴毛在水里飘荡。宗形的手禁不住向下摸，摸到了阴毛，摸到了私处。千秋轻轻地扭动腰肢，把宗形的手抬起来，推出去。

"我已经洗完了。"

"不是刚进来一会儿吗？"

"静不下心来浸泡，再说刚才冲过淋浴。"

宗形再次用手抚摸千秋那婀娜的腰身，又从腰部摸到浑圆而有弹力的臀部。此时，千秋回过头来问他：

"喂，给您冲洗一下后背好吗？"

"坐在这儿吗？"宗形指着盆缘问。

"西式浴室嘛，总不能慢慢洗吧。请把脸转向那边！"

宗形按照千秋所说，坐在浴盆边缘上转过背去。千秋从浴盆里走出来，往毛巾上打肥皂。

"外国人怎么洗呢？"

"可能是在浴盆里面洗吧。"

"在热水中身体倒是松软，可洗不好啊。再说待在弄脏的热水里，总觉得不干净。"

"从电影上经常看到，女人在满是泡沫的热水里洗脚。"

"那是洗脚啊。"

千秋往毛巾上涂了厚厚的一层肥皂。

"身上晒黑了吧？"

"只是发红啊。"

千秋从宗形的肩头开始洗。先自上而下，再从下往上，别看她身材纤细，却很有力气。

"喂，咱们吃完饭，去酒吧玩吧！"

"跳迪斯科吗？"

"可以啊。你不觉得这几天有点运动不足吗？"

"倒是有点。"

其实来到海边，说运动不足，也有点荒唐。但是待在东京，也许会忙得团团转。

"晚上在游泳池里游泳吧？"

宗形的后背每被擦一下，就火辣辣地疼一下。

"手柔和一点儿好吧！"

"要忍耐一下才行啊！"

"今天泡了就可以了。"

"那就不再搓揉了。"

想到挺立在身后的千秋一丝不挂地为己劳动，宗形还是心存感激。

以这种状态彼此接近，比直接和千秋依偎而坐更令人满意。

千秋开始用淋浴喷头冲洗背上的泡沫。

"我前面不疼。"

"请您自己洗吧！"

"那我给你洗好吗？"

"不用。我自己洗就行。"

"前面"似乎是代名词，这是近乎于猥亵的话语，但因为和千秋是性伴侣，千秋丝毫感觉不到猥亵的意味。

浴毕为时已晚，两个人去了十一楼的西餐馆。

从他们居住房间的阳台上，能看到西餐馆五颜六色的摇头灯光。推门进去一看，与其说是西餐馆，莫如说是快餐店。令人欣慰的是，大厅的中央有舞池，可以免费跳舞。

宗形点了据说是用牛排和芒果酿造的当地名酒。

"好像很厉害啊。"宗形呷了一口，不无感慨地说。

千秋战战兢兢地喝了一口，却出乎预料地感到可口。

不久，两个人都已微醺，便下到舞池跳舞。

除了宗形和千秋，有五组年龄不等的男女在跳舞。其中比较引人注目的是一个像啤酒桶一样肥胖的女性和一个个子很高的男性、一个年过六十的老叟和一个二十岁上下的妙龄女子跳得都很起劲。

旁观的餐饮者不以貌取人，津津有味地欣赏各组的不同舞姿。

宗形年轻时跳过舞，能跳出一定水平。现场播放的是夏威夷风味的乐曲，宗形不擅长，加上喝多了酒，不得不随着节拍硬跳。

"喂，好久没跳舞了。"

千秋说得对，两人近几年没一起跳过舞。

"以前在赤坂跳过嘛。"

宗形脑海里猛然闪现出在赤坂夜总会跳舞的情景。

"那是四年前啊。"

一提到四年前,宗形马上联想到那是刚和前妻离婚后。

"还记得那时说的话吗?"

当时刚与千秋坠入爱河,可能说过甜言蜜语,但现在回忆不起来。

"你说可怜啊。"

"可怜?"

千秋依偎在宗形肩头的脑袋轻轻地点了一下。

"你说一想到自己会成为我的俘虏,就觉得可怜。"

宗形突然感到别扭:自己能说那种装腔作势的话吗?

"时至今日,你并没有成为俘虏啊。"

"怎么说呢?有个时期,脑子里全是你……"

确实,两个人相恋之时,每天幽会,难解难分。不只是千秋成了宗形的俘虏,宗形也成了千秋的俘虏。

如果那时结婚,是最为恰当的时机。但宗形讲究当时的境况,好像刚和妻子分手又马上结婚,于影响,于情理,于前妻都不合适。

千秋也不急于结婚。认为没有必要匆匆忙忙走到一起,两个人可以再充分地享受一段单身的自由。

正是这种自由,使两个人对步入婚姻形态而感到慵懒、怠慢和索然无味。

"还是你说得对啊。你用'可怜'这个词,用得好。"

"我是说我自己。"

"我没和你开玩笑啊。"

"你真是那么想的吗?"

"是呀……"

"那怎么办呢?"

"已经耽误了。"

"什么耽误了?"

"你不觉得现在这样挺好吗?"

"你呢?"

"彼此一样。"

乐曲结束,舞伴们手牵着手,回到旁边的座位上去。宗形刚拉住千秋的手,下一个乐曲又开始了。响葫芦也加入了进来,乐曲的节奏比较快。

宗形想休息一会儿，千秋拉住他的胳膊。

"再跳一曲吧。"

因为是快节奏，比较难跳。有的跳得像迪斯科，有的则跳起吉特巴舞的舞步。

"知道'漫步'吗？"

"怎么跳呢？"

"不管什么节奏都能跳啊。"

宗形松开手，千秋示范起来。宗形一边瞅着舞步，一边模仿。

幸亏是快节奏，不然，这种舞步让人感觉上不着天、下不着地。

千秋一边将纤弱的身体左右摇晃，上下伸曲，一边向前向后挥手。有时还向后仰起脖子，轻轻地张开嘴，"嘿"地吆喝一声。

宗形一边学跳，一边欣赏其姿态各异的大幅度动作。

两人相依相恋，频频幽会，低声私语"我会成为俘虏……"时，千秋没跳这么有朝气的舞。舞步都是缓慢、轻柔的，偶尔跳跳吉特巴舞和伦巴舞，也没有现在的自信和纵情。

她是在何时何地学会这种狂劲舞蹈的呢？

宗形似乎又看到了自己对千秋所不了解的一面，认真地审视起两个人的距离。

十

是被汹涌澎湃的波涛声吵醒了呢,还是自然醒来耳畔重现波涛声呢？总之,听到了波涛声,宗形才意识到自己还待在南国海岛的旅馆里。

今天是第几天了？……

宗形躺在床上一动不动,脑子里盘算着离开东京后的日子。

"是第五天吧？……"

宗形虽未确定,但知道剩下的日子只有一天了。

计划旅行时,曾觉得一周时间有点长,可经历了一下,并非如此。

直到昨天,还认为离开东京只有四天。可能是住在旅馆里太单调的缘故,觉得一天很漫长,甚至觉得是在浪费大好时光。

然而,仅仅过了一夜,又觉得时不我待了："只剩下一天了。"

也许是因为对自己和千秋的事得不出任何结论,才产生了一种被催逼的紧迫感。

离开东京前,宗形想通过这次旅行对他和千秋的关系重新作一下估量。

假如两人的心能够再次互相贴近,那再好不过。假如不能走近,那也无关紧要,起码可以对当下不明朗的状态作个了断。总之,他把两人关系的未来赌在了这次旅行上。

然而,到今天来说,结果难以说成功,也难以说失败。

到外国旅行的好处是,两人可以有太多的时间待在一起,可以在一个床上亲热。旅行中即使发生小小的不愉快,也不会对两人关系的前途产生决定性的影响。

如果只从表面上看,两人像一对极为合得来的情侣。

然而,在这种表面现象背后,有着一些难尽人意的东西。

打比方说,千秋出来旅游,总不忘工作的事儿,没有全身心地投入到两人世界之中。尽管在观海或饮酒时会显露出浪漫的情调,但不消一刻,就极为现实地思这做那。这或是千秋骨子里生就的东西,或是源于两人之间没有隔阂的一种撒娇。无论怎样,这是客观存在的东西。

虽然宗形了解这一点,却不能对此宽恕或忽略,故而觉得这次旅行不是一切都舒爽。甚至觉得这一小小的不满,像渣滓一样积压在心底。

明确地说,宗形通过这次旅行,真实地感受到了自己和千秋之间的距离,不像之前两人各忙各的,美好的东西仅凭想象和推断。以前觉察不到的分歧,如今通过密切接触才得以凸现出来。

即使如此,他也没有从心里讨厌千秋。

无论千秋怎样爽直而使自己败兴,宗形从骨子里对千秋没有恶意,没有憎恨。尽管很多时候她使自己觉得不快,却又觉得这并非不能原谅。与其这样说,莫如说他明白千秋这样做的原委,有时甚至会觉得可爱。

而且两个人每晚都在一个床上亲热,互相确认彼此的爱。

但是两人做爱并不像过去那样强烈而富于热情。尽管千秋和宗形都纵情让自己燃烧殆尽,但欠缺那种令人窒息的强度。

回想一下,两人之间的确存在彼此不满的问题,但都不是致命伤,由此产生的小小隔阂,都是枝节末梢,不足以侵害或动摇两人的感情。

不是很喜欢,但是也不讨厌。犹如晨间掠过椰子树林的微风,柔和凉爽,但不足以消去酷热。

宗形睁眼仰望着白色的天花板。突然,千秋问话了:

"早就醒了吗?"

"啊。现在已经七点了。"

"还不晚嘛。"

宗形说旅行时间只剩一天了，然后闭了嘴。实际上，旅行只剩一天和今天早点晚点起床，没有多大关系。

"今天怎么过呢？"

千秋慢慢地支起上半身，用既有点征询又有点自言自语的口气问。

"没有什么具体目标，去买点儿土特产吧。"

"要是买爪哇花布的话，美树小姐说可以带咱们去。"

"那就过会儿往旅游代理店打个电话吧。"

今天好像又是灼热太阳炙烤大地的炎暑。宗形起了床，开始刷牙，冲淋浴。

他痛痛快快地冲了个冷水浴，身上感到很舒爽。走出浴室一看，千秋穿着淡蓝色的连衣裙站在阳台上。

"喂，你瞧，海上有很大的一条船呢。"

听到千秋说大船，宗形走到阳台上，看到海面不远处有一艘发黑的船。船体扁平而细长，有渔船的若干倍大，估计是油船。

"下次旅行该坐坐船了。"

千秋一边抚弄着被海风吹乱的头发，一边嘟囔道。

"也有人专门乘坐豪华游轮周游世界嘛。"

"坐船旅行，得有大把的时间和金钱才行。"

"如是退休后的老年夫妻，慢慢悠悠地乘船旅行，不挺好吗？"

宗形注视着千秋无忧无虑的表情，突然产生了想就此质问她的冲动。

你到底怎么考虑两个人的关系呢？你说日后坐船旅行，是打算今后更进一步地交往下去，再结伴而行呢，还是打算再找个更喜欢的人外出浪漫呢？

"你……"宗形说到半截，又把话咽了下去。

清晨的海风对于讨论两个人今后的关系显得有点过于舒爽，还是尽量不谈这个问题吧！再说确认两个人的前途，也不必操之过急。

早上八点，他们去一楼的西餐馆吃完早餐，绕游泳池一圈再回到房间。不一会儿，导游美树打来了电话。

"上午有点热，下午带你们去花布店好吗？"

两个人当然没有意见，但等到下午还有三个多小时。

"怎么办……"

宗形放下电话机,扭头问千秋。千秋正在涂抹指甲油。透过装油的小瓶看指甲油是朱红色,但涂在指甲上,却变成稍深的粉红色。

"怎么样,不觉得这颜色跟南国的海岛相配吗?"

"挺好的。"

"无所谓好不好,相配就行。"

"我去楼下转一转。"

"要干吗?"

"去散散步。"

不知何故,宗形从早晨和千秋待在一起有些厌腻了。想一个人散散心。这种愿望似乎是在最近四天膨胀起来的。

"要把我丢下吗?……"

"一起去也行。"

"不碍事吗?"

要说碍事,确实是碍事,但不同于平时所说的碍事。既非阻碍事物的发展,也非影响事情的进行。

"您是对一楼西餐馆的那个女孩儿感兴趣吧?"

"西餐馆？"

"刚才还在出口见到过。"

不错，一楼西餐馆里有个很像日本人的女孩儿。长得很可爱，因为前天服务好，多给了她一些小费，对方没忘记，今晨相逢便露出了笑脸。

"你太无聊了。"

"是我无聊吗？"

难道千秋真的嫉妒西餐馆的女孩儿吗？宗形觉得匪夷所思。回头一看，千秋既若无其事又悠然自得地正在冲着阳光端详涂完指甲油的手指头。看来只是说着玩。

"那我走了。"

"走吧！"

可能本来就不想去，所以回答得明快而迅捷。

宗形乘电梯下到一楼。穿过大厅，走到游泳池畔，在小卖部附近的白椅子上坐了下来。时间已经过了十点，灼热的阳光再次炙烤大地。在刺目的强光下闭上眼睛，似乎就能产生一种解脱感。

离开东京时，期待和千秋一起在南国终日相伴，现在一个人待着，却气定神闲，洋洋自得。

也许是因为旅馆客房的狭小,影响了情绪;也许是朝夕相伴六天的时间有点过长,产生了厌倦。

"太过自在了……"

宗形嘟囔完,睁开眼睛,仰起头,看了看周围的环境。

旅馆的客房呈 U 字形分布,游泳池处于半包围之中,自己居住的房间在第九层的中间。此时坐在椅子上只能看到房间的窗户。也许在那窗户里头,千秋还在哼唱着小曲,聚精会神地涂抹指甲油。

宗形想进一步地确认房间的窗户是否居于最中央,但是阳光越来越强烈,搞得人头晕目眩,不得不作罢。

下午,美树带他们去了爪哇花布生产厂的门店。去那儿需出旅馆向北走,有五公里的路程。

门店是西方式建筑,与周围的田园风光格格不入,后头连接着工厂。这即所谓的生产厂家直销,上等产品能以比较便宜的价格买到。

"与印度印花布相比,这些别具风格啊。"

美树说得对,爪哇花布一般是蜡染,被称为蜡纺印花。

最正统的颜色是被当作生命象征的茶色、黄色、蓝色等混合色调，与马来印花布相比，比较素净。图案多以叙述印度教故事、罗摩衍那故事等为主。

"这些东西好像很受日本年轻人的欢迎。"

两人对美树的话表示理解，尔后依次参观了设在三个房间里的柜台。

可能日本人觉得稀罕和喜欢，爪哇人已经烦腻和厌弃了，故而在开着冷气的柜台边，只有几组日本客人光顾。

"喂，这个怎么样？"

千秋把所有柜台看了一遍后，拿起一件爪哇花布的罩衫，按在胸膛上让宗形看。

"有点花哨啊。"

蓝地儿上浮现着向日葵般的花纹，周围还有常春藤一般的图案。

在南国的强光照射下，这种图案格外引人注目，也许在日本柔和的光线下，艳丽程度会有所降低。

"如果是年轻人，也许可以……"

"你是说老太太不行吗？"

千秋把手中的罩衫放回衣架,又拿起一件其他花样的。

宗形离开柜台,在房间角上的有肘垫的椅子上坐下来。

这里虽说是厂家直销,但好像只经营相当高端的产品,店铺是宽敞的西洋式建筑,天花板高高的,与其说是销售处,莫如说是展示场。销售人员也是男性穿西装,女性穿礼服。

男性可能对女性选购东西的方式有所排斥,那边刚好有个步入老年的男性也坐到带有扶手的椅子上。宗形感到同性相怜,朝其微微一笑,对方也会意地点点头。过了不一会儿,女销售员端来了冷茶。

好像对方认为宗形是个有钱的日本人,对其彬彬有礼,甚为敬重,但是宗形不想买,觉得有点不好意思。他慢慢喝着茶,享受着空调清爽的凉风和店铺一角难得的静谧。此时,千秋走了过来。

"喂,给怜子选件穿的吧?"

"你选就行嘛。"

"求你选啦!"

宗形被千秋拽着,再次回到罩衫柜台前。

"这件她穿合适吗?"

千秋拿着一件小花纹的罩衫在自己身上比试着,作为爪哇花布来说,这种图案是相当素净的。

"怜子这人很文雅,买这边的挺合适。你是想买件送给她吗?"

"没那个必要吧。"

"偶尔送一件也可以嘛。要是说你送的,她一定很高兴啊。"

宗形没有搭理千秋,而是将视线集中到其他的花布图案上。

"选哪件呢?……"

千秋对陈列窗上摆着的好几件衣服,拿不定主意。

"喂,你真得好好地想一想!"

"要是当礼物,花样无所谓嘛。买下来才是最重要的。"

"不能那样想啊。"

千秋再次与美树商量。宗形一方面钦佩她购物的热情和耐心,一方面感到有点厌烦。

女性购物,易被物欲所控制,故而不厌其烦。男性往往不能理解。觉得应该把这种热情投入到他们自己的事情上去。

比如这次旅行,目的是享受只有两个人的世界,进一步确认两个人的关系。宗形希望在梦想的海岛上相处一周,恢复过去的那种亲密无间。而千秋好像对此漠不关心。

时间已经过去了五天,不能自信地说两人已经亲密如初。岂止如此,甚至觉得较之前裂隙加深。

"这件也不错啊。"

不知什么时候,千秋和美树并排站在镜子前,她把女礼服贴在胸脯上反复比试,目不转睛地注视着镜子。礼服的色图依然过于花哨,也许是她被巴厘岛的明亮搅花了眼,抑或是最近的趣味变了。

宗形凝视着千秋,想起了和前妻生活在一起的女儿们。

他四年前离开荻窪的家后,很少和上中学的两个女儿见面,大女儿在上三年级,小女儿上一年级。离婚之后,他只给她们寄生活费,没尽过做父亲的其他责任,如果趁机买上两件罩衫,姑娘们也许会出乎预料地穿着合适。

宗形重新走到柜台前,挑选了两件花样比较素净、大小略有差别的罩衫,递给店员。此时,千秋靠了过来。

"装作不买,还是要买吧。怎么和我给怜子买的一个样式啊。"

"不是给她买的。"

"那是给谁买的?"

宗形想说女儿,但没说出来。好像怕千秋疑虑不在一起生活,还做这些事,是否对前妻还有依恋。

"有个女孩儿照顾过我。"

"噢,还有那样的人啊。"

"是在工作方面。"

千秋似乎心领神会地点点头,尔后用手指了指斜后方。

"既然要送的话,还是送那边的高级女式西服,送那个,人家才会高兴的。"

宗形没答话,让店员把选好的东西给包起来。付了钱,走向下一个房间。

入室之后,宗形再次坐到角落的椅子上抽烟。千秋继续挑选衣物。

说实在话,自己对千秋刚才所言的本意有点不了解。像现在这样一买送人的礼品,就露出嫉妒的样子来,天长日久那还了得。不过,倒也不能完全信以为真。看她露出嫉妒的样子来,自己倒很享受。

以前她对每件事都会认真对待,最近似乎又增添了嫉妒,但她不再像以前那般固执己见,好像掌握了一些逃避方式和技巧。这在两人会话或做爱时都能表现出来。

是否应该说是千秋成长了呢,还是应该说她戴上假面具了呢？不管如何，她没有了过去的那种专横。

正在宗形暗中思考之时，千秋两只手都提着纸袋出现了。

"让您久等了！您已经买好了吗？"

"当然买好了。"

宗形站起身，率先抬腿向外面走去。

买完了东西，他们驱车朝库塔海滩驶去。

旅馆所在之地的萨努尔海滩面朝东南，而库塔海滩则面朝正西，对面也是海滩，夕照景色很美。

听说看晚霞夕照还需等一段时间，他们决定先到库塔的街上转转。

这个库塔海滩有印尼餐、中国餐和法国餐等各种各样的餐馆，便宜而好吃，好像这里是受冲浪运动员和嬉皮士欢迎的度假地。

延伸到岸边的主要街道两侧正在大力兜售各种商品。主要是T恤衫、短裤和海水浴衣，还有游牧人制作的草帽、用牛骨制成的工艺品、用椰子壳制成的装饰品以及描写巴厘岛原始森林及鸟兽的绘画作品等。

逛完了街市，他们赶到海边，正逢日落西山的时刻。

萨努尔海滨坐落着几家高级旅馆，呈现出一派端庄安详的气氛，而这里的沙滩上却聚集着五花八门的游人和当地人，还有一些孩子在玩球或赛跑。

这里没有椰子树荫下的游泳池和供游人消闲的西餐馆，只有散摆在沙滩各处的售卖摊床，人们在摊床前轻松自在地购买热狗、汉堡包、可乐。

宗形他们站在岸边，眺望着渐渐变大变红的夕阳。几个赤脚的孩子拿着项链、美术明信片来到面前推销。这大多是小学学龄的男孩儿，夹杂着两个四五岁的幼童。

宗形他们不想买，当然说"不要"，孩子们执拗地聚集着，怎么也不愿意离开。好容易把孩子们遣散，又过来一个穿着游泳裤衩的青年与千秋搭讪。

这人脸色晒得很黑，像是当地人，身材修长、匀称，具有南国海岛青年的风范。

他开口搭讪，起先以为是讲英语或爪哇语，但仔细一听，却是发音很清楚的日语。

"我曾在日本待过。"

青年可能有二十岁，剪着光头，露出亲昵的微笑。

"哎呀,真的吗? 在哪儿待过?"

千秋急忙将英语改变为日语。

"东京和广岛。"

"待了多长时间?"

知道对方是个会讲日语的爪哇青年,千秋好像放了心。

"一个月。"

"一个月就能把日语说得这么好吗?"

"专门学习的。"

"在哪儿?"

"当然是在这儿。想去日本……"

"自学能学这么好?"

美树赶紧解释说,近两年爪哇掀起了日语热,勤奋好学的青年都在学日语。看来这个青年很聪明,也很刻苦,而且还是个美男子。

"这里的海滨挺漂亮啊。"

"您也挺漂亮。"

青年赞扬得这么直接,千秋好像有点不好意思。她稍微定了定神,握着青年的手,连声说:"谢谢!"

"日本的女人就是漂亮。"

"是吗?……"

千秋在感觉难为情的同时,又乐于跟青年深入地交谈。

美树被当地人叫走了,宗形也故意离开两个人,往靠近水面的地方走。

淡淡云层掩映下,通红的落日拖着长长的尾巴,与明亮的海面连接在一起,整个海滨沙滩映照得一片红灿灿。过去的人看到这般光景,会认为这儿是"神灵居住的岛子"。

宗形在岸边一百来米的地方踱步,扭头看到千秋仍和青年在热烈地交谈。

可能是谈到什么觉得好笑吧,千秋在按着肚子笑。远远看上去,他们极像一对热恋中的情人。

宗形走到卖热狗的摊床前看了看,又开始往回走。千秋仍在与青年一个劲儿地交谈。

这个青年也许不认为宗形是千秋的恋人,而是单纯的同行者,或是他父亲或哥哥。否则就无法解释他那种毫无顾忌的谈话方式。

当然,千秋也没说宗形是她的恋人。

宗形从远处眺望着两个人,恍惚觉得他们起先就待在这个岛子上,一直在谈情说爱。

年轻且身材匀称的青年与身穿淡蓝色连衣裙的靓丽女人,凝视着夕阳映红的大海,毫无设防地促膝长谈。如果对一下焦距,突出一下人物,按下快门,晚霞中两个人的留影会显得很神圣。

"千秋小姐哪儿去了?"

宗形正陷入遐想之中,美树招呼道。

"在那儿……"

宗形用手指了指两人所在方向。美树面露笑意,点了点头。

"好像谈得十分起劲啊。"

"那青年会讲日语。"

"他们很愿意跟日本人交谈啊,想学些东西,再说千秋漂亮。"

"咱们回去吧!"宗形提议道。

美树点点头,朝两个人坐的地方走去。

宗形远远望去,好像美树告知回返,千秋感到意外。

她看着腕表,似乎是说"想再待一会儿!"或"很遗憾!"。可能又觉得不妥,便回头朝这边瞥了一眼,然后依依不舍地和青年握手道别。又说了两三句话后,和美树一起朝这边走来。

她俩的身影与背后的落日融为一体,千秋的笑容与满足又从脸上呈现出来。

"今天挺愉快啊……"

在落日的余晖中，宗形点了点头，三人一起朝停车的树荫下走去。

"这就走吗？"

"你愿意待，可以再待一会儿。"

千秋回过头去，朝青年离去的方向看了一眼，然后轻声道：

"不用了……"

宗形和千秋并肩走着，心中油然产生了一丝醋意，感到有点闷闷不乐。

十一

今晚吃巴厘岛的最后一顿饭，美树陪他们一起去了登巴萨的中餐馆。

中餐馆坐落在大街向里一点的地方，餐馆建在水池子上面。无需窗子，像回廊一样延伸而去的左右两侧分布着雅座，各个座席上的灯映照在池面上，倒影随着水波摇曳，酿成南国之夜特有的情调。

可能是让顾客在池子上面边乘凉、边享用晚餐,故没有安装空调。但天气太热,稍微有点风还能忍耐,无风则难以久坐。仅仅观瞻映在池面的灯,根本无法消暑。

话虽如此,这种程度的暑热,对当地人来说,也许算不了什么。他们都快活地谈话,欣赏着夏夜的景色。

"这种情景,总觉得在电影上看到过啊。"

千秋说的是以南太平洋为舞台的电影,但电影的名字宗形也想不起来。

原以为在南国,炒菜油大,但吃了一下,并非如此。也可能因为这是巴厘岛数一数二的上等店,日本客人居多,尽量地迎合日本人的口味。

"我明天六点半去旅馆接你们!"

宗形听到美树的话,才想起明天将要离开巴厘岛。

"好容易来一趟,没带你们多转转……"

美树觉得有点不好意思。

"不,我们就是为了悠闲自在而来这里的,这样就挺好。"

这次旅行的目的之一,是和千秋确认彼此的感情,两个人在一起度过的时间要比观光重要。

说起来,已经逛了雅加达和日惹,又逛了巴厘岛,在观光这一点上,没有遗憾。

要是说与千秋的精神交流和感情确认,还稍稍有点不满。

起先以为只要两个人在异国他乡过一周,就会产生新的共鸣与情愫。现在来看没有实实在在的收获感。心灵的问题似乎不像只要精力充沛地转悠就会有所收获的观光那样简单。

"你们回到东京,又要忙于工作了。"

美树说。千秋表示赞许并看了宗形一眼。

"我们一直像拉车的马一样工作啊。"

确实,东京的生活具有在这个岛上生活的人们想象不出来的快节奏。

虽然生活节奏快,但不是清闲下来就能解决所有问题。其证据是,即使和千秋待了一周,也没有解决思想上的困惑与感情上的升华。

"请你们务必再来这儿游玩!"

"我想在我的节目里介绍这个岛子。我下次来时,你还来吧?"

千秋问宗形。

"能来最好……"

"你不是也想来拍广告吗？"

宗形确实很想在这风光旖旎的南国拍一下广告，可当下不能确定来或不来。

事实上，千秋也只是抱有和节目组工作人员一起来的强烈愿望。至于愿望能否实现，当下不得而知。她却很有自信地与人约定再来，也许这就是千秋与众不同的地方。

他们吃完饭，两人回到旅馆。房间里很凉，好像是出门时忘了关空调。

"我有点醉了。"

千秋边说边斜躺在大靠背的椅子上。

"明天就要回去了。"

"时间过得真快啊。"

"是啊……"

似乎在一瞬间两人的感情产生了闪电式共鸣。转而千秋又说起了别的事。

"还想再去买几件 T 恤衫呢。"

千秋想起了爪哇花布店里的事儿。宗形从冰箱里拿出罐装啤酒喝了起来。

"该送的人还有很多。"

千秋似乎自我解嘲地说。

"要分给全体人员吗？……"

"不能给这个不给那个嘛。"

"那可不得了啊。"

"不过给了人家，人家不会白要吧。"

宗形又喝了一口啤酒。

"你喝吗？"

"喝一点儿吧！……"

宗形把剩下的啤酒斟到玻璃酒杯里。

"明天要早起，最好今晚把行李准备好。"

"你的准备好了吗？"

"我的简单，早晨准备也行。"

"这个还是不吃了吧？"

宗形指的是离开日本时在机场小卖部里买的年糕片。当时还买过袋装茶和干梅，基本上都没沾手。此时也不渴望日本的味道。再说也不宜一边吃年糕片一边喝酒。

"带回日本也没意思啊。"

"明天可以送给美树小姐。"

宗形站起身,伸了个懒腰,走进了浴室。

他冲完淋浴,走到镜子前照了照,想不到自己的面孔晒得挺黑了。仅仅是在椰子树荫下或游泳池畔躺了一会儿,足见南国的灼灼阳光之强烈。

"只有脸色证实去过南国。"

宗形苦笑着从浴室里走出来,看到千秋正在装行李,她依然是一丝不苟地整理,一件件收拾停当。

"都能放进去吗?"

"就比来时多了买的衣服,能装上。你也应该今晚装好。"

宗形遵从了千秋的建议,开始打开衣橱顺行装。

因为是个人旅行,没带很多衣物,但有这几天穿脏的内衣。他刚把脏内衣包起来,千秋就探过头来问:

"我给您洗一下吗?"

"明天要穿的还有,脏的扔掉吧。"

"这太浪费了。还是洗一下吧。"

千秋以前就喜欢洗衣服,这一点儿至今没变。关系亲密时,她经常给宗形洗内衣,也许是那种习惯性亲密又表现出来了。

"顺便,洗一下也行。"

千秋麻利地把内衣展开,拿进浴室。她这种家妇型的殷勤做派与综合节目主持人的工作热情怎么能结合到一起呢? 宗形对此一直弄不清楚。分别都是千秋的本来面目,站在不同的角度,看法和评价也许会大不一样。

宗形觉得闲来无事,从微型吧台上拿下威士忌,加上冰和水,勾兑和稀释。

想到明晨就要与南国的海岛告别,心中有点恋恋不舍,同时又有种马上就要返回日本的喜悦感。

宗形端着兑水威士忌的酒杯,走到凉台上。

夜幕下的游泳池在淡橘黄色的光线中隐隐地浮现出来。再往前面的滔滔大海看却是一团漆黑,只是不时传来海涛的轰鸣声。

这黑暗的海上发生过太平洋战争,几万名日军将士在此阵亡,业已成为遥远的过去,成为历史中的一个镜头。

自己和千秋如今来到这里,只是两人恋爱的一小段时光,很快就会被历史所湮没。

宗形有些感伤,任凭夜风迎面吹拂。

"你在干吗？"

宗形听到千秋的声音，回头一看，她浴后也跟宗形一样，穿着旅馆里配置的白色长袍，站在他的身后。白色长袍宗形穿着短，千秋却穿着长，并不得不卷着袖子。

"喝酒吧。"

宗形把勾兑好的威士忌递给千秋。

"淡一点儿！"

千秋喝了一口，咂咂嘴说道。接着用两手把满头的湿发包裹起来。她微微前倾身子，肥大长袍的胸襟处露出了高耸的乳峰。

"再喝点儿感觉会更好。"

"你呢？"

"我也再喝点儿。"

宗形慢慢地品着酒，感觉到自己性的欲望在增强。

"今晚是岛上最后一个晚上了。"

"时间过得真快啊。"

宗形一边点头，一边暗暗对自己说：今晚必须要作出旅行的总结！

这次旅行期间,两个人每晚都做爱。全部是宗形要求,千秋顺从地接受。

如果只看性行为,两个人没有不协调的感觉。

但每次做爱之后,宗形总感觉不尽如人意。尽管生理上每每得到满足,却似乎还欠缺点什么。可能是精神上的需求胜过肉体上的欢愉。

现在是最后一个晚上,两人继续床笫之欢。完事之后,宗形仍觉得美中不足。

千秋是否有同感不得而知,她背朝宗形睡着了。

不知是真的睡着了,还是尚处迷糊中。跟她说几句话,她有时会答应。但一直静止不动,宗形在静谧中回顾刚刚结束的云雨之事。

"我去一下浴室……"

每每做爱后,千秋总这样边说边动身。

她的理由是"身上挺热的",也许真是要擦擦微微出汗的身子。

这即是爱干净的千秋。性行为一结束,马上离开床,去到浴室中。宗形对此觉得败兴。做爱之后,总搂在一起会兴味索然,迅速分离各行其是也让人感到无聊。

从过程上看，她并非讨厌做爱或没有燃烧。岂止如此，那销魂一瞬间的反应甚至极为强烈，但完事后马上就要净身。

要么是很爱干净，要么是不喜欢陪着男人睡觉。如果是后者，宗形多少有点责任。

宗形和千秋首次发生性关系时，千秋已不是处女，但对性行为不熟练。没有教会女人玩味余韵的乐趣，或许是宗形的失误。

千秋身上具有对性生活卫生过于讲究的洁癖。

说实话，这次旅行之前，宗形忘记了千秋的这种癖性。

他天真地认为只要和千秋多次亲热，反复地做爱，就能缩小原有的距离。

而实际情况远不像主观臆想的那么容易。

宗形出来旅行之前，一直百思不得其解：怎么就和千秋关系疏远了呢？两个人隔了好久在一起吃饭时，他就想到了这个问题。同时也觉得不可思议：为何置这么漂亮的女性于不顾呢？

现在冷静下来思考，像抽丝剥茧般地一点点分析过往，才能找出关系疏远的根由。

过去曾担心的各种问题在保持距离期间逐渐变得模糊，自己只看到问题的表面和容易看的部分。

宗形由仰卧慢慢地改成侧卧,和千秋形成背对背的姿势。

看到千秋没有任何反应,表明她已经深深入睡了。

宗形身体感受着千秋肌肤散发的温度,内心却感到与她距离最为疏远。

两人刚才还紧紧拥抱并做爱。暴风骤雨过后又我行我素,给人以恍如隔世之感。

可以确切地说,她在做爱的那一刻专注于做爱,完了事便净身,之后呼呼大睡。其行为都是自然而真实的,仅限于这一点,千秋没有任何失误。全面地看,她还是个不错的女人,想来令人有清爽之感。

当然,宗形始终了解这一点,并且客观地予以评价。也正因为如此,才约她参加这次旅行。

宗形现在所期望的并不只是性欲的满足,而是将其联系在一起的精神世界的东西。宗形巴望千秋在激情燃烧之后,虽然心里想着净身,却恋恋不舍地紧贴在自己的身上;或者身心获得满足之后,尽管昏昏欲睡,仍将一条腿搭在自己的腿上。

这也许是男人自以为是的愿望,但通过性行为而得到的紧密感是最为可信的。

当然，宗形既非顽童，也非自信满满之人，并不认为性就是主宰，用性就能把女人束缚住。

他认为：既然男人把身心全部投入了，女人就该有相应的反应，并尽量保持余韵。如果只顾及一瞬间的燃烧，仅留下快乐这一体验，下一个瞬间完全是另一副面孔，就会令人感到寂寞与灰心。

"可是……"

宗形在淡淡的黑暗中自言自语。

当然，千秋也并非完全把肉欲与心灵区分开来。表面上看着行动干脆，不恋床榻，其实心里仍缠绵缱绻，把情怀联系在一起。只是宗形的情感不适应这种形式而已。

一切欠缺都归咎于千秋，那就太残酷了。也许千秋正试图努力改变。

如果不是这样，即使约她旅游，她也不会轻易地出行，也不会与他睡在一张床上。如果说她只是喜欢干净，不会连他的内衣都抢着洗。

仅从这一点来说，千秋是个优雅、顺从的女人。

"可是……"

宗形仍冲着黑暗嘟哝同一件事。

尽管他完全承认千秋的长处,但仍未得到满足的是什么呢?是做爱之后没有余韵吗? 是对工作积极的女人感到无聊吗? 是其实在的外表下虚荣心很强吗? 是不容忍移情别恋的嫉妒心作怪吗? 是其不能顺从和依附男人的要强个性令人生畏吗? ……

可能这些东西,女人或多或少都有,与她们有关的男人也能感觉到。由此可以说,宗形和千秋有些不和谐,也许是涵养和私心兼顾得不好。

"也许还是不在一起的好……"

宗形又嘟囔了一句,尔后强迫自己闭上了眼睛。

回程的航班是从巴厘岛直飞东京。

飞机早晨八点起飞,七点以前就要到达机场。

出门的一切准备工作就绪,宗形又朝房间里环视了一周。

"没有忘掉东西吧?"

虽然在此仅仅待了四天,一旦要离开,还是有点留恋。宗形又查看了一遍壁橱和浴室,好像没有忘掉什么东西。

"没问题吧?"

宗形问。千秋答"没有啊",说完拿起行李,准备离开。

宗形突然觉得自己又被千秋忽视和冷淡了。

说实话,在离开待了四天的房间时,宗形期待着某种甜蜜的气氛。

两人拿着行李出门前,千秋应该说"要和巴厘岛再见了!",或者说"再来还住这漂亮的房间"。宗形听到这话,会轻轻地拥抱千秋,进行巴厘岛上的最后一次接吻。

也许带点孩子气,宗形在脑海里勾勒着这小小的剧情。所以他问"没有忘掉东西吧?",又叮嘱"没问题吧?",其实都是在等着千秋说剧情中的话。

然而,千秋只是点点头,马上拿起行李,朝门口走去。

当然,这种行动无可厚非。她正常进行离开前的检查。假如宗形想接吻,可以明确提出要求。

宗形觉得自己提出来的和对方主动凑过来的,性质截然不同。前者是强求和索要,后者是浪漫和优雅。

宗形期待的是后者。

他希望千秋理解"没有忘掉的东西吗"这句话的言外之意,从而悄悄地主动挨近。

但千秋听到这句话只是点点头,瞬时拿起行李,大步向外走去。

回想一下，两个人之间好像有不少的阴差阳错。自己提要求，对方不在意，对方提要求，自己没回应。

当然，这与纯粹的感情上的差错还是两回事儿。因而既不用特意地争辩或吵架，也不该作为坏事而受到谴责或惩罚。也许这种分歧只是认识的差距，而非感情。有时觉得这样就行，有时遗憾美中不足。仅此而已。

尽管都是些微不足道的小事，但随着次数的增加，就渐渐地沉淀在心底。

"九零六号……"

走向廊道时，宗形回头看了看房间牌号，念出了声。

他是否想通过确认房间牌号来平息自己不满意的情绪。

千秋听到了，仍顺从地点点头，说了声"是啊"。

从旅馆到登巴萨尔的机场有二十分钟车程。早晨起得很早，时间非常宽裕。虽然无需送行，导游美树仍执意送到了机场。

两人办完登机手续，托运好旅行箱，转身向美树道谢。美树听了，脸上露出一点寂寞和失落的表情。

"你们挺好啊,很快就回到日本……"

在巴厘岛的几天里,美树讲述海岛风光和原住民淳朴尽是溢美之词,似乎对定居在此感到很满足。

然而,当送别两人踏上归国之途时,她却流露出羡慕和落寞的表情。可能内心里交织着对故国亲人的思念和对生养自己的祖国的乡愁。

"请多保重! 下次再会!"

宗形先行与美树握手。美树继而与千秋、宗形依次握手。尽管彼此接触不多,短期内不得相见,双方还是恋恋不舍。

"请二位务必再来!"

宗形一边点头,一边思忖:美树小姐会怎么认定自己和千秋的关系呢?

她肯定知道两人住一个房间就不是外人,但是没有再深入地详细询问。这说明美树小姐的自制力符合做导游的基准。

宗形和千秋分别道了声谢,便进了出发大厅。

宗形坐在一个空位上,点燃了一支香烟,耳朵里传来机场信息广播:去往东京的航班晚点一小时。

候机厅响起了不大的喧嚣声,那是从日本旅客成群的地方发出的,去往其他国家和地区的人对此毫不介意。因为从日惹过来时航班就晚点,宗形似乎已习以为常。

"喂,问问那些人还会再延迟吗?"

"问也没用,还是得耐心地等吧。"

"可是这样,到了成田机场就过五点了。"

"那边有急事儿吗?"

"明天要录节目,到了得先去趟局里。"

千秋说的是实情,但难以理解她马上分开的急迫感。

宗形在这时期待的话语是:"晚点虽然不好,但能和你多待一些时间,有利有弊嘛。"如果她这样说,才充分体现出两个相爱之人的难舍难分之情。

可是,千秋好像完全没有得益于这种天赐的余裕。

安原怜子称赞千秋是个"直爽的人",宗形却不认为直爽是值得夸奖的优点。当然,整天黏着男人、净是撒娇的女人也不值得一提。可是,事事都按自己步调、麻利干事的女人也令人乏味。

关于这一点,男人也许具有浪漫主义风范:平时厌腻了自己的粗俗,期望自己的女人有着无限的优雅和懒散。

当这种欲求与现实完全吻合时,男人和女人会啮合得很好,进而深入地结合为一体。

"您到了不去公司吗？"

"打个电话就行。"

本来，宗形想在东京和千秋好好地吃个晚饭，看来好像千秋的时间不允许。

"不能不去局里吗？"

"为什么呢？"

"想一起吃晚饭。"

"不是一直待在一起嘛。"

说得对，千秋说的没错。宗形不再搭话。

两人在空调不管用的大厅里坐等着，一直等到机场广播说前往东京的航班开始登机。

"哎呀，登机了！"

千秋的表情突然变得明朗了。

"看样子能回去了。"

"这样到东京就不会太晚吧。"

"回去加把油，把耽误一周的工作补回来。"

千秋仍坐在舷窗边的座位上，宗形坐在走廊一侧。不久，飞机起飞了。

飞机攀升到空中，朝北方转了一个大弯，飞离巴厘岛远去了。

"像是飘浮在海里啊。"

千秋把脑门贴在窗户上，注视着下方。

飞机变为平飞，宗形知道这次旅行终于接近尾声了。

"稍微放放椅子躺一躺。"

宗形等着千秋的椅背倾斜得和自己的一样时，开口问道：

"开心吗？"

千秋略显沉默，然后用力点了点头。

宗形期待的是"挺开心"这句话，千秋却注视着窗户，不再言语。

回想一下，今天早晨尚在房间时，宗形就期待千秋"挺开心"这句话。从旅馆前往登巴萨尔的机场时，仍在等这句话。离开巴厘岛了，他才不得不问起这句话。

并不是以恩人自居的姿态向她索要致谢词。

这次旅行是宗形邀请的，不是千秋央求的。就这一点而言，宗形负担全部费用，也没有权利强迫千秋道谢。

然而，无需计较其他，宗形只是期盼千秋的一句话。

说"挺开心！"也行，说"谢谢！"也行。如果她能这么一说，宗形就觉得没有白来。

但是千秋什么也不说。

当然，她在巴厘岛期间曾说过"来这儿挺好"，也说过"可以这样待在这儿"。这是带她来到旅游胜地油然产生的一种喜悦，抑或是满含感激的一种表达。

但是，并非非分之想，宗形只是想在旅行结束前听到这句话。

也许千秋会在过后说这句话，当跨越了太平洋、看到日本列岛时，或在办完入境手续、离开机场时，她才会张开玉口。

宗形向空姐索来日本的周刊杂志阅读。不一会儿，机上开始供应早餐。宗形吃完喝了一杯水，便轻轻地睡着了。

宗形觉得身子轻轻摇晃了一下，睁眼一看，千秋的肩膀靠着窗框在睡觉。可能是空姐给她盖的毯子，在膝盖上搭着，但偏到了一边，中间能看见膝盖。

一瞬间，宗形囿于一种妖艳的感情，但没感到更深的欲望。

过了两个小时，机上开始分发午餐。飞机起飞后两人在不断地吃东西，故而一点食欲也没有。

"还有三个小时到啊。"

吃完饭，千秋抬起手腕看了看表，接着从提包里取出笔记本。

"工作计划安排得好满啊。"

宗形瞥了一眼，千秋急忙合上笔记本。

"不许看！"

以前对千秋的心思和动向都了解，现在却出乎预料。

"明天就实录吗？"

"是啊！这几天在南国海岛上逍遥过头了，正担心还能不能做好呢。"

"没事的。你冲着镜头大胆去做。"

"光凭胆量可不行。你的工作怎么样？"

"会有办法解决的。"

回到公司，会有新的电视剧等着协商和启动，能否顺利不得而知。一想到工作的事儿，宗形就有点沉不住气。

如果说起各自的工作细目来，那就没有止境了。

"明天实录完了以后，有时间吧？"

"难说啊。下一周要进行各种采访。"

"过两三天再一起吃饭好吗？"

千秋在看着笔记本思考。宗形点燃了香烟。

忙不忙暂且不谈,白天不行,还有晚上,晚上不行,还有夜间,关键是为或不为。

"好!下次吃饭叫上角田先生!"

千秋啪嗒一声合上笔记本,仰起脸来。

"他应该在局里很吃得开吧?"

"所以你想见他?"

角田是大型广告公司的部长,和宗形是十多年的朋友。

"你舍不得把自己的朋友介绍给我?"

"没有那回事儿……"

宗形没介绍多少朋友给千秋,与其说是舍不得,莫如说是防止千秋因为与自己的特殊关系而向朋友撒娇。

"那就下次叫上角田,一起吃饭好吧?"

宗形含糊地点点头,把视线转向窗外。

飞机一直在大海上空飞行,引擎发出单调的轰鸣声。太阳有点西斜了,机体的影子在波光粼粼的海面上向前运动。

好像快到冲绳了。过了冲绳,到东京还需两个半小时的时间。飞机到成田落了地,两人就会提着各自的行李,乘车回到各自的住处,重新回归各自的生活。

宗形再次将椅背轻轻地放倒,回忆这次旅行的事儿。

自己和千秋六天前离开成田时,对这次旅行是抱有期盼的。

并非期盼自己和千秋的关系能得到全面的改善,但认为只要两个人朝夕相伴,定能开辟出与原先截然不同的相处方式。

实际上通过这次旅行,宗形进一步感受到原先所忽视的千秋的优雅,发现她身上令人惊喜的成分。包括她吃饭或洗衣时的麻利、睡在同一张床上的亲昵以及沉默时的平静等。这都是只有相伴旅行才能弄清楚的东西。

然而,并不是一切都称心如意。岂止如此,也正是因为朝夕相伴,才发现了不利的方面。

"两人走得太近了……"

宗形在心里默默谴责自己。

或许相爱的男女之间关系疏远并不好,但走得太近也不成。有些问题离得远,发现不了,走得太近会袒露无疑。

在距今四五年前,两人刚相识的那阵子,即使彼此产生不满,也有克服它的热情和精力。确信爱情很快就能消除两个人之间的隔阂。

而关系一旦冷却，彼此看到别的世界后，恢复则是比较难的，尤其是呈现出两个人追求的差异。乍一看，这种差异微不足道，其实要消除，却很艰深，甚至用性的愉悦也难以修复。

宗形漫无边际地思考着，往旁边一看，千秋又头枕窗框进入了梦乡。

从睡姿、睡容上看，哪儿也没有缺点。粉嫩的脸儿天真烂漫，微微倾着的脖子纤美、修长。到底是对这张恬静的面孔哪儿不满呢？自己也弄不懂自己了。

也许此刻的千秋在假寐，呈现的是一种暂时的姿态，并非真实的存在。与之待在相邻的坐席上，是一种身心相许的关系，但其身上的不少东西好像永远弄不懂。

男人和女人的关系看似很近，实际上却无限遥远。

"是吧……"

宗形不由自主地说出了声，随即联想起那个浮现在蓝色大海中的巴厘岛。

也许与自然界中的小岛相似，千秋和自己都是浮现在人世间的小岛。从远处看，两个岛屿紧密相连，一旦走近，彼此之间难以跨越的海峡就会显现出来。之所以如此，是因为性别和性格差异，以及文化与感觉的差异,就像不断拍打堤岸的浪涛,慢慢冲击和侵蚀了海岛,疏离了两个人的关系。

这次旅行的初衷,也许就是为了亲眼看到并证实这一点。

也许有人会说自己居心不良,但是可以说,正因为参加了这次旅行,彼此才真实地感受到两人之间的距离,从而加深了相互理解。

"前程还很遥远……"

宗形嘟囔了一句,扭头看了看睡得像孩子一般的千秋,慢慢合上了眼睛。

译后记

　　《浮岛》是作者上世纪晚期推出的一部以恋爱为主题的抒情小说,描写一对情侣在海外度假时的性爱过程及其情感纠葛。作者以通俗的语言、流利的笔致、轻松的节奏和明快的叙事,塑造出一个情爱世界的浮岛。作者将情侣的情感冲突作为切入点,以纵横捭阖、游刃有余的气势,生动有趣地展现出恋爱者的行为轨迹、性爱世界、情感游程、彼此的心理特点及其各自的趣味和爱好,鞭辟入里地剖析了情侣之间的矛盾冲突、思想困惑和感情疏离的怪谬关系及其进退维谷、无所适从的难言窘境。

　　男主人公宗形健一郎原先在电视台任导播,后辞职下海,自主经营影视制作公司,四年前与妻子离婚,自己过着独身生活。女主人公多田千秋起先做服装模特,后进电视台担任节目主持人助手,两人年龄相差十五岁。两人的情侣关系是五年前建立的,当时千秋只有二十三岁,宗形也尚未与妻子离婚。二人立足于眼前欢乐,尽情地享受生活,在性欲的漩涡中,体验着由性爱带来的柔情蜜意……且一直不急于步入婚姻殿堂。

然而情况却出现波折,千秋改行进入电视界后,全身心地投入新的工作之中,与宗形的幽会明显减少,关系随之出现裂隙……但二人并非互相厌烦或另结新欢,只是起因于埋头工作,相互联系日趋淡漠。或许是长期的交往使双方产生倦怠和慵懒,不再有往昔的紧张感和新鲜感。宗形决定带千秋去海外旅游,希冀借助于休闲旅行,拉近双方的精神距离和情感距离,确认彼此相爱的强度,寻求今后发展的出路。

他们来到印尼雅加达,然后去日惹巡游千佛坛遗迹,继而赴巴厘岛瞻仰仙峰阿滚山,入住萨努尔海滩的高级休闲酒店。在雅致的客房里倾听着阵阵海涛,酣畅淋漓地享受休闲的快乐:或观赏海景,或远眺落日,或享用美食,或轻松购物,歇息于游泳池畔,逗留于高原之巅,徜徉于滨海大道,盘桓于银色沙滩,悠闲自在,不一而足。伴随着滚滚海涛,尽享浪漫,毫不怜惜地让自己燃烧……

当销魂的一刻过后,千秋质问宗形是否喜欢她,宗形保持沉默……在宗形看来，他们的性爱颇为完美，千秋却没有尽享快感的余韵，草草完事，旋即下床净身，继而倒头大睡，让人颇感乏味。他们在性欲的暴风雨中各取所需，忘情一切。享乐之后，却没有进行思想交流和情感沟通。因为没有灵与肉的双向交融，内心感到孤独……宗形认为彼此之间的性欲和各自感觉上的差异疏离了两个人的关系……

本作品全方位地展现出情人之间难以调和的矛盾及现实与理想的巨大反差，透彻地分析了性欲与精神疏离的怪谬，通过具体的场景描述、当事人的相互对话、各自的行为举止及其本人内心的揣测与省察，尖锐地暴露出仅凭满足性欲而难以修成正果的严酷现实。性的快感与欢乐绵延不绝，却拯救不了精神与情感的错位，主人公无计可施，只能望洋兴叹：情感的倦怠是导致肉体与精神相分离的元凶……

本作品主题鲜明，色调明快，剧情矛盾突出，描写自然真切，性爱场面与自然场景融合交汇，强化了作品的张力和韵味，具有很高的艺术价值。作品的思想性、艺术性和可读性做到了较好的统一，具有强烈的现实感和鲜明的时代特征。作者在处理时间跨度与主线延伸的关系上开合有序、挥洒自如，饶有趣味地勾勒出情爱的浮岛,特别是对性爱细节的玩味和对思想矛盾的剔抉,展露出作者超尘脱俗的匠意及卓尔不群的风采,余味无穷,令人难以忘怀……

《浮岛》于一九八八年十二月由日本著名出版社角川书店出版发行。本书取自角川书店于一九九六年三月二十日出版的第十八次印刷本。

时卫国

2016 年 1 月

图书在版编目（CIP）数据

　　浮岛 /（日）渡边淳一著；时卫国译 . — 青岛：
青岛出版社，2017.6
　　ISBN 978-7-5552-5591-8

　　Ⅰ. ①浮… Ⅱ. ①渡… ②时… Ⅲ. ①长篇小说 – 日
本 – 现代 Ⅳ. ① I313.45

中国版本图书馆 CIP 数据核字（2017）第 129447 号

书　　名	浮岛	
著　　者	（日）渡边淳一	
译　　者	时卫国	
出版发行	青岛出版社	
社　　址	青岛市海尔路 182 号（266061）	
本社网址	http://www.qdpub.com	
邮购电话	13335059110　0532-68068026	
策划编辑	杨成舜	
责任编辑	霍芳芳	
封面设计	乔　峰	
封面插图	郑乾敏	
照　　排	青岛佳文文化传播有限公司	
印　　刷	青岛国彩印刷有限公司	
出版日期	2017 年 7 月第 1 版　2018 年 5 月第 2 次印刷	
开　　本	大 32 开（890mm×1240mm）	
印　　张	7	
字　　数	90 千	
印　　数	10001-15000	
书　　号	ISBN 978-7-5552-5591-8	
定　　价	32.00 元	

编校印装质量、盗版监督服务电话　4006532017　0532-68068638

本书建议陈列类别：日本 · 当代 · 畅销 · 小说